O Treze de Maio

FÓSFORO

ASTOLFO MARQUES

O Treze de Maio

e outras estórias do pós-Abolição

Organização
MATHEUS GATO

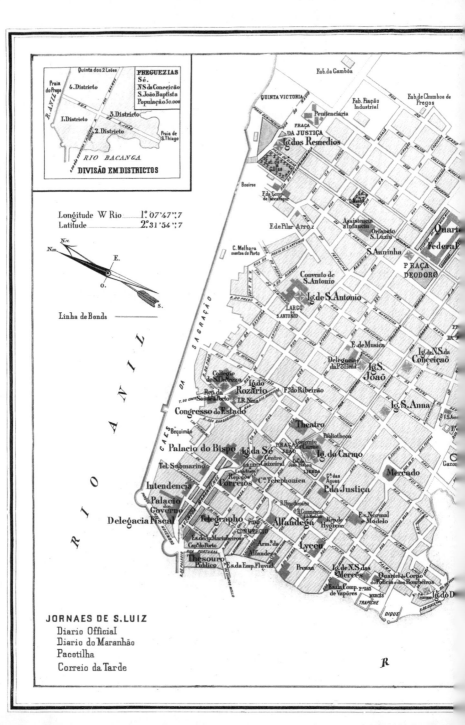

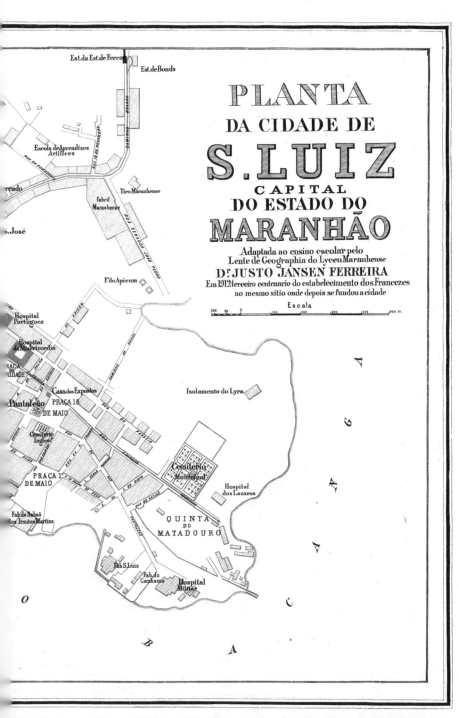

Paco

JORNA...

Anno XXIV Maranhão--Sa...

TELEGRAMMAS

SERVIÇO ESPECIAL
DA
Pacotilha

A GUERRA RUSSO-JAPONEZA

RIO, 25

Dizem que penetrou no canal de Suez a primeira divisão da esquadra do Baltico.

RIO, 25

Foram installados os conselhos de investigação a que vão ser submettidos os generaes Olympio da Silveira e Alipio Costallat.

Foi encerrado o conselho de investigação incumbido de inquerir da responsabilidade dos alumnos da Escola do Realengo.

Amanhã, sabbado, será interrogado o dr. Lauro Sodré.

Já reuniu em sessão preparatoria o conselho de investigação a que responde o general Alipio Costallat. A sessão do conselho foi presidida pelo marechal graduado, reformado, Gomes Pimentel.

Officiaes da armada foram ao ministro da marinha feli...

---

protecção do governo de seu Estado, vão deixando as suas habitações para emigrarem para o visinho Estado do Pará.

A população da cidade de Tury-assú acha-se presa de terrivel panico, receiando a cada momento um ataque á cidade.

Se em Monte Alegre, onde os indios se achavam sob a influencia da catechese dos frades, em um momento de desconfiança, praticaram as scenas de vandalismo que todos nós conhecemos, que podem esperar os habitantes de Tury-assú daquelles que são ainda bravios?

Emquanto se passavam os factos que acabamos de narrar, seis, dentre as doze praças do destacamento de Tury-assú, tiveram ordem de seguir para Cacutapera, afim de cobrar impostos! E, apezar de pedido feito ao governo, a força seguiu, deixando na cidade seis soldados, apenas, guarnecendo uma cadeia com quinze criminosos e protegendo a população!!

Miseria humana!

Deste acto praticado pelo governo se conclue que mais importante do que a vida da população de uma cidade, é o fisco, são os impostos, porque o thesouro necessita de dinheiro para pagar aos engrossadores do senador.

E' triste dizer-se, mas é uma verdade!

Se, porém, se tratasse de algum facto que pudesse augmen-

Casarão

Antigo casarão, velha vivenda d'um senhorio outr'ora potentado, hoje eu te vejo triste, abandonado, como um castello de longéva lenda.

As andorinhas mansas fazem ten... uas brechas da parede e no telhado; no esplendido jardim, muito ensombr... o matto cresce d'uma forma horrend...

Tudo em ti faz lembrar antigas eras, um mundo de illusões e de chimeras tudo nos fala em doce nostalgia.

No entanto, eu que te vejo assim ag... sei que tu, casarão, eras outr'ora a séde do esplendor e d'alegria.

Maranhão—901.

Luiz Lim...

Na Administração dos... reios do Estado realiza-se... nhã o concurso para pre... mento de um logar de c... de 2.ª classe.

A mesa ficou assim c... ta: presidente, o contad... mesma repartição; exam... de portuguez, o official A... Raymun´o de Moraes R... arithmetica, o praticante... dicto Zacharias de Góes... cretario, o praticante J... Amaral Caldeira.

Acham-se inscriptos os... didatos.

Exames geraes

Resultado dos exam... tem realizados:

Geometria

App. com distincç...

tilha

TARDE

de Novembro de 1904 — Numero 281

...IA FAMILIAR

NOS AMANHÃ:
...garida de Souza Ribeiro.
...as.

...o vêam os nossos leito-
...n. de hoje desta folha
...nos varias producções li-
...s de belletristas mara-
...es.

...osso ardente desejo, a
...r desta, dar ás edições
...ado uma feição mais li-
... proporcionando leitura
...aquelles que prestam
...xilio pecuniario á «Paco-
...

...isso contamos com o
...so daquelles que entre
...tivam as letras, esperan-
...nos honrem com suas
...ões dignas de vir á luz
...licidade.

... producções devem ser
...a esta redacção até sex-
... de cada semana.

..., utero, e tal etc....
...petra remedio excellente
...rrimentos, diz o dr. Stoll:
OL interna e externamente. 1519

...pectaculo que hoje rea-
... S. P. Charitas, no seu
... rua do Sol, subirão
...as desopilantes come-

ALFINETES...

«Vieste ao mundo como por acaso?
Tens vida, como por encanto e isto,
E' filho da rasão, talvez dos homens?!
Não tens por pae, o pae de Jesus-Christo?»
(Do «Diario» J. P. Andrade)

Eu por acaso, hoje, tendo
Ante os meus olhos aberto
O caro filho do Alberto,
Machinalmente o fui lendo.

E como que por encanto
Senti-me logo confuso
Ao lêr o formoso canto
Do grande poeta luso.

Veio-me depois á lembrança
O Fabio Ewerton, já morto.
E fiquei mudo, absorto,
Por vêr tanta semelhança

Entre o nosso e o luso poeta,
Que tirei esta illação:
Que o Fabio do Maranhão
Não passava dum pateta.

Hão de dizer os perversos,
Embora a coisa não pegue:
Poeta, vá fazer versos
Para o diabo que o carregue.

H. Pito.

Relativamente aos factos que, parece, determinaram a censura telegraphica para os despachos destinados ao Recife, a «Provincia» dá diversas informações que o adiantado da hora não nos permitte reproduzir hoje.

Cifraram-se, porém, os tumultos em arruaças, meetings mais ou menos inflammados e, afinal, no ataque dado pelo povo ao

O vinho do Nuncio

A Maria da Piedade, uma mulata já idosa, tinha pela familia Mendonça uma admiração, que tocava ao fetichismo.

Todos os domingos, pela manhan, invariavelmente, logo que ella ouvia a sua missa, tomava o rumo do grande sobrado, onde residia confortavelmente a abastada familia da sua veneração, os seus «quindingues». Não era só aos domingos, porém, que os Mendonças,—que lhe pagavam a estima e a affeição na mesma moeda,—a tinham na sua companhia.

Quando o luar clareava limpido e sereno, e a população acorria a estirar as pernas pelo engraciano Caes da Sagração, a Maria da Piedade, que «não era parada» para deixar-se ficar em casa, envolvia-se no seu ramalhudo chale e vagarosa e sorridentemente ia galgando as escadas do sobrado dos Mendonças.

Dona Rufina Mendonça, uma matrona, que orçava pelos setenta, vivia estirada numa cadeira preguiçosa, em consequencia da cegueira e dum pouco de caduquice. Um moleque, sentado no soalho, tinha a tarefa quotidiana de lhe coçar os pés, e o Procopio, um seu afilhado, que era um dos primeiros alunnos do collegio do Perdigão, era o incumbido de lhe lêr jornaes e livros de historias.

Esses dois entes exultavam de contentamento quando a Maria da Piedade entrava, pois durante sua estadia, quase sempre demorada, viam-se livres dos encargos.

A familia Mendonça, que tem

11 PREFÁCIO
Paulo Lins

17 Raça, literatura e consagração intelectual:
Leituras de Astolfo Marques (1876-1918)
Matheus Gato

61 NOTA EDITORIAL

63 Ser treze
68 O discurso do Fabrício
74 O batidinho
83 Vestido de Judas
91 O socialista
101 Vicência
108 Na avenida
119 A comunhão do Romualdo (cena da roça)
127 O Treze de Maio (recordações)
136 Reis republicanos
140 Presentes de Festas
143 A opinião da Eusébia
149 Aqueles aduladores
154 O suplício da Inácia
164 A promessa
186 Entrudo e penitência
191 A última sessão

196 NOTAS

Prefácio

A literatura de Astolfo Marques deve figurar como um clássico. Seus parágrafos curtos, com tópicos frasais precisos, nos remetem a Machado de Assis, a Guimarães Rosa e a tantos outros baluartes da literatura brasileira e mundial. O início do conto "O socialista" exemplifica essas afirmações:

O Narciso, depois que saíra da Casa dos Educandos, flautista exímio e perfeito oficial de carpina, viajara pelo sul do país em companhia do seu padrinho comendador Manuel Bento, abastado capitalista português, demorando-se alguns anos em São Paulo. Seguindo o comendador para a Europa, onde veio a falecer, o Narciso tornou ao Maranhão, vindo residir numa casinha, que herdara do padrinho, lá pras bandas do Hospital Militar.

Com a instrução que recebera no estabelecimento sustentado pela então província, e o seu convívio com artistas e operários na formosa Pauliceia, o Narciso constituíra-se um devotado batalhador das ideias socialistas. Como sacerdote convicto de uma ideia, nova na sua terra, mas já recalcadamente pregada no velho mundo, punha-se ao serviço da propaganda dessa ideia, fazendo ressaltar altamente a excelência da causa a que consagrava todas as suas energias e toda a sua atividade.

No primeiro parágrafo o leitor já fica sabendo de toda a trajetória do protagonista, que vai se enquadrar de forma perfeita naquilo que o autor precisa para desenvolver a história. Nesse conto, o personagem necessita de conhecimento, de experiência nas viagens que fizera. Não é preciso desenhar seu temperamento, seu jeito, sua forma de falar e de sentir as coisas. O leitor só precisa saber da vivência de Narciso para entender o seu papel.

No segundo parágrafo, Astolfo mostra toda a trama que será desenvolvida, em que o personagem principal quer implantar o socialismo, a doutrina de Karl Marx, dentro de um Brasil arcaico, que acabava de sair da escravidão e da monarquia, indo parar nas mãos de republicanos latifundiários e escravagistas. É tão cômico e irônico quanto *O alienista*, de Machado de Assis, em que o protagonista, Simão Bacamarte, estuda psiquiatria na Europa e ao retornar decide abrir um manicômio. Os dois personagens tiveram uma estadia fora, adquiriram conhecimento técnico e tentam implantá-lo num país em que os dirigentes não têm o menor apreço pela intelectualidade ou pela democracia. Um país que por toda a sua trajetória preservará a desigualdade racial e social, o que torna esse livro essencial na luta contra o racismo estrutural que toma conta da nossa contemporaneidade. O tema continua atual, passados mais de cento e trinta anos. Esse conto poderia ter sido escrito hoje, no nosso Brasil em que as questões ideológicas nunca foram tão debatidas, desde o período que precedeu o Golpe de 1964. Nos parágrafos seguintes, Astolfo Marques apresenta mais dois personagens, e a trama bem-humorada se desenvolve para um desfecho surpreendente.

    No conto "O batidinho", já no primeiro parágrafo, o autor lança mão de um procedimento que Ezra Pound chama de "fanopeia", isto é, o uso das palavras para evocar visualidades. Astolfo coloca a imagem como elemento fundamental do texto. O leitor tem a ideia exata do lugar, sente o conto como se estivesse na Província do Maranhão a caminho de um pagode:

O Sol, elevando-se no Oriente, brunia com os seus oblíquos raios a ondeada superfície das águas, que formava como que um fundo fantástico de luminosa prata ao quadro encantador que bordava a praia. Perto os suspiros do gigante estremecido, a beijar ininterruptamente o formoso manto de areia que cobre a praia, a qual devolvia em ricas galas, por entre centenas de barcos atopetados de laranjas e garrafões de tiquira, a fecundante carícia das ondas e a terna excitação de vívidos eflúvios.

São imagens encontradas na literatura de diversas épocas, sobretudo na poesia, que o nosso escritor tem a habilidade de misturar à prosa com extrema delicadeza.

Esse conto é sobre uma festa, um encontro de boa vontade, reunião regida pela arte, que não ficou presa naquele tempo. Hoje qualquer ser humano, quando vai a um pagode, desenha em seus olhos imagens coloridas semelhantes às desse poeta que nos leva para dançar num Maranhão de um outro tempo.

O que faz a arte?

Entre outras coisas, ela revela esse mundo, cria outros e pode nos apontar o que vai acontecer nos dias, nas semanas, nos meses, anos seguintes ou cento e trinta anos depois. Esses contos, escritos no início do século 20, são erroneamente apontados como regionais por alguns estudiosos. A verdade é que o regionalismo não existe, nunca existiu. Essa classificação, que, aqui no Brasil, quiseram dar a Graciliano Ramos, a Jorge Amado e ao próprio Guimarães Rosa, hoje está distante da maior parte das análises críticas. Não existe regionalismo.

O trabalho de Astolfo Marques antecipa o que vai acontecer com os afrodescendentes no mundo todo: a caça aos extratos negros da população se intensifica e dura até hoje. O ódio à constituição de uma maioria afrodescendente é o que determina o genocídio dos jovens negros e de periferia que assistimos. São cerca de 70 mil os mortos a bala no Brasil por ano. O trabalho infantil atingia, ao fim de 2019, 1,8 milhão de crianças e adolescentes com idades entre cinco e dezessete anos, sendo que 70% são pretas ou pardas; 80% da população carcerária é negra.

A teima em negar à maioria da população qualquer possibilidade de ascensão social, o domínio da ciência e de ofícios prestigiosos, o ingresso em universidades, para que os mais privilegiados possam roubar o tempo de uma plebe que cuida dos seus filhos, lava o chão, cata o lixo, desentope esgoto, é a característica desse país obcecado em ser pobre desde a escravidão.

O racismo, a segregação, a violência policial e o contínuo permanecer na base da pirâmide social é algo que fica claro em "Aqueles aduladores". Um homem negro se apronta para um baile oferecido ao presidente da província, Moreira Alves, que comemorava a assinatura da Lei Áurea, mas não pode ir, apesar de ter se preparado com toda a pompa para a festa. Da própria festa do fim da escravatura, onde se encontrava o representante maior da província, os negros foram excluídos, coisa que perdurará pelos tempos.

Alguns contos como "O suplício da Inácia", uma mulher escravizada que morre enforcada, acusada de um crime que não cometeu, mostram o tempo da escravidão; outros nos revelam o pós-Abolição e alguns retratam a vida depois do golpe republicano, conduzido por militares e latifundiários escravocratas. O medo de que a escravidão volte é ilustrado em "A última sessão"; vale lembrar que Luís Gama se recusou a ir à primeira convenção do Partido Republicano na cidade de Jundiaí porque seus integrantes eram a favor do escravismo. André Rebouças, que lutou pelo fim da escravatura, também se opunha a esses republicanos que até os dias de hoje deixam o negro brasileiro à margem da sociedade.

Uma das questões mais importante que esta coletânea nos revela, e que vem fortalecer o movimento negro, é o orgulho de não "ser treze", isto é: de não ter ganhado a libertação com a Lei Áurea, mas tê-la conquistado antes desse ato que, para alguns negros e negras, não teve o menor valor. O que importava era a liberdade alcançada pela união de pessoas negras, pelas associações e clubes negros, era isso que lhes trazia brio, autoestima, a união entre eles, e a força do povo negro em toda parte do Brasil também se fazia presente dessa forma.

Na Província do Maranhão, nacionalmente conhecida pela crueldade de sua classe senhorial, lutou-se com afinco contra a escravidão. Ali havia vários clubes negros que, além de oferecer aulas, reuniões de confraternização, organização de revoltas e levantes, compravam a alforria dos escravizados que se associavam. Eram instituições voltadas para o desenvolvimento espiritual, social e, acima de tudo, para a liberdade. No conto "O Treze de Maio (recordações)", Astolfo Marques deixa isso claro: ou compravam a própria alforria ou fugiam para uma província em que o número de capitães do mato fosse sensivelmente menor. É oportuno ressaltar que quando a Lei Áurea foi assinada, somente em torno de dez por cento da população negra no Brasil era escravizada.

O movimento negro atual sempre aponta que o trabalho de resistência começa nos quilombos, desde Aqualtune, fundadora do primeiro quilombo no Brasil, mãe de Ganga Zumba e avó materna de Zumbi dos Palmares; que o povo preto resiste. E foram seus descendentes que deram continuidade à luta pela liberdade. É uma luta contínua por equidade racial, com milhões de pessoas mortas ao longo de quase quatrocentos anos, até a Abolição, e que segue hoje, pelo mundo todo.

Astolfo Marques é filho de uma cafuza livre que trabalhava como lavadeira e engomadeira, sem pai, criado na pobreza. Teve que estudar por conta própria, sofreu racismo a vida toda, lutou de todas as formas para conseguir instrução e nos deixar essa obra tão contemporânea e tão maravilhosa. Seu trabalho ressurge num tempo em que outros descendentes de escravizados, como eu, Ferréz, Conceição Evaristo, Ana Maria Gonçalves, Cidinha da Silva, Itamar Vieira Júnior, Paulo Scott, Jeferson Tenório e José Falero, saídos da fome, da pobreza e de um ensino precário, nos incluímos no debate socioliterário para combater o racismo e lutar através da escrita. Os negros e negras que escrevem no Brasil de hoje tiveram e têm uma vida parecida com a de Astolfo Marques. Apesar da distância temporal, estamos juntos e misturados.

PAULO LINS
Março de 2021

Raça, literatura e consagração intelectual

Leituras de Astolfo Marques (1876-1918)

MATHEUS GATO (*Org.*)

Numa viagem com fins diplomáticos e de divulgação do seu trabalho literário, o escritor maranhense Josué Montello, um dos intelectuais mais proeminentes de seu tempo, fez uma curta estadia na Suécia, entre os dias 23 e 28 de maio de 1982.[1] Passagem efêmera, mas atribulada de compromissos; entrevista no rádio, conferência na Universidade de Estocolmo, visita à Academia Sueca e jantar na embaixada brasileira. Tudo naquele lugar lhe pareceu estranho. "A Suécia é o país da solidão militante", assevera o seu *Diário da noite iluminada*. Não se ouviam gritos, risadas, nem mesmo a buzina dos carros ou o ranger das rodas de ônibus que ensurdecem as grandes metrópoles. Uma sociedade de cidadãos envelhecidos, condenada à melancolia do progresso. "Porque temos tudo, tudo nos falta", confessou-lhe um livreiro.

Talvez fosse justamente esse vazio que reclamava agora maior atenção à cultura brasileira na cena intelectual da Suécia. A televisão de Estocolmo embalava a noite fria de seus espectadores, exibindo por capítulos as trapalhadas do vagabundo *Quincas Berro-d'Água* por entre ruas sujas e bordéis calorentos nas noites tropicais de Salvador. O roteiro da entrevista de Montello na rádio nacional passava pela análise das obras de Carlos Drummond de Andrade, Gilberto Freyre, Jorge Amado e João Cabral de Melo Neto. Mesmo durante a visita à prestimosa Academia Sueca, responsável pela outorga do Prêmio Nobel de Literatura, a surpresa reservada por Lars Gyllensten, secretário perpétuo da instituição, ao embaixador brasileiro Claudio Garcia e ao escritor maranhense era a existência de uma estante inteiramente dedicada à literatura brasileira. A alegria da surpresa não pôde arrefecer nos brasileiros o sentimento de seu "atraso nacional". Naquele dia, Josué anotou em seu diário:

> Sobre uma vasta mesa — tal como eu gostaria de ver na Academia Brasileira — estão expostas as revistas literárias mais recentes dos grandes centros culturais do mundo, sobretudo francesas, inglesas e alemãs. Enfileirados à minha frente, perfilam-se os dezessete volumes do *Dicionário da Academia Sueca*, trabalho de sucessivas gerações de seus dezoito acadêmicos. Por toda parte, ordem, limpeza, disciplina. A academia não existe apenas para outorgar seus prêmios anuais de repercussão mundial. Existe para o trabalho coletivo, no porfiado esforço de dar à língua uma disciplina gráfica e conceitual, abonando-lhe os vocábulos com os textos básicos da literatura sueca.
> E Lars Gyllensten adianta-me:
> — É pena que a Academia já esteja de férias e o senhor não possa assistir a uma de nossas reuniões de trabalho.
> Subimos uma escada interna, e eu me vejo diante da vasta biblioteca, com os seus milhares e milhares de volumes, harmoniosamente dispostos em estantes que se deslocam à leve pressão do meu dedo.
> — Quer ver a parte brasileira?
> E eu, que jamais poderia retribuir a gentileza, mostrando-lhe a parte sueca na biblioteca da Academia Brasileira, dou comigo frente aos romancistas, aos contistas, aos ensaístas, aos poetas, aos teatrólogos do meu país. Eu próprio ali estou, numa tradução francesa, noutra espanhola e noutra inglesa.

De súbito, outra surpresa: aqui está meu conterrâneo Astolfo Marques, num exemplar de *A nova aurora*, romance maranhense publicado em São Luís, em 1913, numa edição da Tipogravura Teixeira, com retrato do autor, e este parece que ri para mim, preto, colarinho alto, colete, uma flor na botoeira, o bigode comprido e horizontal. Deste livro me vali, como testemunho fidedigno, ao coordenar todo o vasto acervo de subsídios sobre o negro maranhense, quando escrevi *Os Tambores de São Luís*. Como veio parar ali, saído de São Luís, o meu prestimoso conterrâneo? Reponho-o na estante e fico a pensar quando aparecerá por aqui outro maranhense, sabendo quem foi Astolfo Marques e o que significa seu livro esquecido.[2]

Ordem, limpeza e disciplina são as palavras que definem o ambiente da Academia Sueca. A autoridade intelectual daquela instituição se insinua ao escritor pela constatação de que ali circulam os principais periódicos literários europeus, a organização exemplar da sua biblioteca e a verdade massacrante de que as instituições brasileiras dedicadas à cultura erudita nem sequer divisavam aquele grau de desenvolvimento. Por outro lado, na cuidadosa menção da presença de sua própria obra na estante brasileira, citando meticulosamente "ao acaso" cada tradução estrangeira de seus próprios livros, Montello procura estender o prestígio daquela academia ao seu nome. E depois, a um desconhecido conterrâneo, Astolfo Marques, cujo valor é medido por fornecer subsídios à história do negro maranhense. Com efeito, a presença inusitada de um desconhecido escritor negro brasileiro nas estantes da invejável biblioteca de Estocolmo era uma espécie de capricho cosmopolita a confirmar, mais uma vez, no coração ora vaidoso, ora um tanto envergonhado do intelectual latino-americano, o universalismo da vida cultural europeia.

De fato, deparar-se com o romance *A nova aurora* no longínquo norte europeu foi uma experiência que impactou Montello. Além das anotações do diário, o autor dedicou ainda uma crônica ao episódio, intitulada "Astolfo Marques: um ilustre desconhecido", na qual estiliza um pouco mais sua surpresa:

> Alonguei o braço para a prateleira mais próxima, com uma indagação mais viva nos olhos e nos dedos. Seria possível? Ali? Em Estocolmo? Na Academia Sueca? Um livro maranhense? De meu conterrâneo Astolfo Marques?
> Sim, era verdade.
> Fiquei a olhar o retrato de Astolfo Marques, contra a folha de rosto do volume, com saudades do tempo em que, na minha juventude, tive em mãos esse mesmo livro, na Biblioteca Pública de São Luís.[3]

Tratava-se mesmo de um achado aparentemente inusitado. É notória a parca atenção que Raul Astolfo Marques tem recebido da crítica especializada e o seu total desconhecimento da parte do público brasileiro em geral. A forma convencional de citá-lo na historiografia literária tem sido apenas do tipo "... e Astolfo Marques".[4] O escritor negro nascido em 1876, morto em 1918, aparece mais como parte do cenário do mundo intelectual que um de seus agentes.[5] O autor raríssimas vezes é lembrado por sua produção ficcional, sendo plausível acreditar que sua memória foi resguardada quase exclusivamente por sua presença e atuação em periódicos e instituições que se tornaram, posteriormente, centrais nas narrativas canônicas sobre a literatura maranhense, tais como o grupo Oficina dos Novos, o periódico *Revista do Norte* e a Academia Maranhense de Letras.

Não sem razão, Montello cognominou o seu conterrâneo de "ilustre desconhecido". Para o escritor, era surpreendente que um autor tão pouco citado, gozando apenas de edições locais sem maiores repercussões nacionais, pudesse ter uma obra preservada num dos logradouros mais prestigiados da literatura mundial.

O termo também indica que a legitimidade de Astolfo Marques — devemos informar que o escritor é o fundador da cadeira nº 10 da Academia Maranhense de Letras — não é plenamente assegurada pela comunidade literária que herdou o direito à sua memória.[6] Dado que, como veremos adiante, estreitou as possibilidades de conhecimento, interpretação e leitura do escritor negro. Com efeito, a busca por informações sobre a vida e obra de Astolfo Marques quase sempre nos dirige a arquivos mal guardados, revistas esquecidas, jornais podres e quebradiços, livros nunca reeditados, páginas que os fungos tornaram ilegíveis, a registros amarelecidos e silenciosos da memória coletiva.

O presente livro constitui um esforço para alargar esse horizonte de conhecimento conformado pelas hierarquias regionais que organizam o sistema literário brasileiro, bem como as tensões que envolveram a relação entre origem social, raça e consagração intelectual na trajetória social de Astolfo Marques. Esta edição é uma antologia dos contos escritos pelo autor nas duas primeiras décadas do século 20. Narrativas que nos levam às alegrias, frustrações e desafios da vida cotidiana da gente negra e pobre nos anos do pós-Abolição, período marcado pela reconfiguração das hierarquias sociais e raciais no ambiente da recém-proclamada República, em 15 de novembro de 1889. Nestas estórias, os dilemas colocados pelas transformações políticas que deram origem à sociedade brasileira moderna, organizada pelo trabalho livre e pelas instituições republicanas, são narrados do ponto de vista da experiência de personagens sem voz na história oficial. Pessoas anônimas, consideradas parte de uma massa amorfa, os "abandonados" ou "iludidos" com a libertação do cativeiro, em 13 de maio de 1888, objeto passivo e manipulável da ação das elites políticas dirigentes, ou, como se dizia, o "povo bestializado", impotente e inativo de uma república que não foi.

O Treze de Maio nos permite confrontar esse imaginário. Os protagonistas destes contos são uma gente cheia de vontade de viver, que amplia os sentidos de palavras como "liberdade" e "igualdade" para além do marco eurocêntrico da modernidade ocidental. Mulheres negras que dominam o espaço público da cidade, operários nordestinos debatendo as possibilidades de uma revolução socialista nas fábricas têxteis, trabalhadores libertos refletindo nas esquinas e praças sobre os significados da Abolição, militantes abolicionistas insurgindo-se contra a repressão militar no início da República, pessoas para quem a cidadania também se exerce na festa, quando a música e a noite tomam o lugar das rotinas do trabalho diário, nos chinfrins e pagodes dos arrabaldes, mas também naqueles momentos de devoção e de fé em que nossos pensamentos, gestos e emoções se dirigem para um além-mundo onde as dores dessa vida já não fazem mais sentido. Elementos que fazem dessas estórias um caminho possível para outra história.

A grande maioria destes textos só veio à luz em revistas literárias e jornais diários da época, em São Luís do Maranhão, tornando-se completamente desconhecidos do público leigo de hoje e mesmo dos especialistas contemporâneos em literatura brasileira e história social dos afrodescendentes no Brasil. Entretanto, esse esquecimento também possui uma história intelectual marcada pelo racismo e por critérios de classificação literária tais como "regionalismo", "pré-modernismo", entre outros, os quais informam os modos legítimos de apreciação de uma obra e, não raro, reduzem suas possibilidades de leitura.

Este ensaio dedica-se às três principais chaves de interpretação sobre a vida e obra de Astolfo Marques, a saber: vida versus obra; o autor regionalista e popular; o escritor negro. Por fim, a análise volta-se sobre as possibilidades contemporâneas de leitura que *O Treze de Maio* nos oferece, em particular, sobre o significado do investimento artístico de retratar perfis sociais e suas práticas racialmente estigmatizadas como elementos genuínos da cultura brasileira, construindo a alternativa, nada palatável nos anos tensos do pós-Abolição, de pensar a nação como "mestiça" e "negra".

VIDA VERSUS OBRA

A morte precoce de Astolfo Marques aos 42 anos de idade em 1918, vitimado por uma tuberculose, doença comum entre a gente do povo, suscitou, nos poucos necrológios escritos em sua homenagem, o debate sobre o rápido esquecimento a que o autor estaria condenado, malgrado todos os seus esforços. O escritor português Fran Paxeco, confrade do contista na Academia Maranhense de Letras, deplorou esse silêncio no texto que fez em honra do amigo:

> Faz hoje trinta dias que Raul Astolfo Marques sucumbiu. Um padre solícito rezou uma segunda missa pela sua alma. Os filhos ficaram na miséria e os seus companheiros de trabalho, a breve trecho, esquecer-se-ão dele e do esforço que representou a sua vida, para subir a restrita nomeada em que a morte o arrebatou. O egoísmo humano é feroz. E no entanto o Raul merece mais alguma coisa do que missas — e do que o olvido cruel dos colegas.[7]

A irritação é compreensível. Astolfo Marques parece ter sido aquele tipo de gente que espera da vida os seus melhores dias, apesar de tudo. "Laborador incessante, o barulho ao seu redor não o incomodava. Silencioso como um escafandrista, prosseguia o seu caminho. Nunca se desalentou." Com efeito, o escritor fez jus a sua fama de homem dedicado ao trabalho. A produção intelectual conhecida do autor envolve estudos bibliográficos, traduções, contos, crônicas, estudos folclóricos, um romance, afora sua extensa colaboração para os principais jornais e revistas da capital maranhense. O escritor também consta entre os fundadores das mais importantes agremiações literárias do seu estado, como a Oficina dos Novos, fundada em 1900, e a Academia Maranhense de Letras, em 1908. Seus principais trabalhos publicados são: a tradução do francês para o português do romance *Por amor* de Paul Bertnay (1901); a coletânea de contos intitulada *A vida maranhense* (1905); o relato de viagem *De São Luís a Teresina* (1906); a peça teatral *O Maranhão por dentro* (1907); a coletânea de contos *Natal* (1908); a biografia *O Dr. Luiz Domingues* (1910); e o romance *A nova aurora* (1913). Alguns de seus trabalhos ficaram inéditos: *Seleta maranhense*, biobibliografia de escritores maranhenses, *Fitas...* (*Esboços e quadros*), antologia de contos que daria continuidade à série publicada em *A vida maranhense*; o estudo histórico *As festas populares maranhenses* v. 1; e o livro de memórias *Esquinas e vielas*.

Ainda assim é caracterizado como um perfil "desambicioso, alheio a espalhafatos". É mesmo provável que a perseverança e a discrição tenham sido os grandes trunfos da trajetória de Astolfo Marques, alguns dos aportes subjetivos que permitiram ao homem que foi moleque preto nos tempos do Império e da escravidão temperar o anseio pelas promessas de plena liberdade e igualdade, ensejadas pela Abolição, em 1888, e a instituição da República, no ano seguinte, com o senso de que as regras aristocráticas de outrora ainda estavam em jogo, sobretudo no restrito universo social dos homens de letras, jornalistas e funcionários públicos, precisamente a esfera que ele desejava adentrar. O silêncio que cerca Astolfo Marques não é apenas o da posteridade, ou tão somente o do homem concentrado que trabalha, mas também o da pessoa discreta que evita conflitos e tenta não fazer alardes. Estratégia de ascensão social conformada no momento que o norte agrário se consolida como periferia do país, num período-chave de afirmação do Brasil como uma moderna sociedade ocidental.

Astolfo Marques era o filho caçula da cafuza livre Delfina Maria da Conceição, conhecida lavadeira e engomadeira na capital maranhense. Nascido em São Luís no dia 11 de abril de 1876, ele viveu os efeitos ambíguos da Lei do Ventre Livre, de 1871, sobre o estatuto das crianças negras e o destino do cativeiro. Não há qualquer referência ao seu pai nos poucos depoimentos existentes sobre a vida do autor, mas a nota de falecimento de Maria dos Remédios Marques, sua irmã, publicada em 1894, revela que o escritor teve seis irmãos: Alexandre da S. Cruz Marques, Percilia Filomena Marques, Mathilde Edmunda Marques, José Jacinto Marques e a mencionada Maria.[8] Portanto, o núcleo familiar de Raul Astolfo pertence ao quadro das famílias negras livres que conviveram com a escravidão, predominantemente chefiadas por mulheres.

As famílias negras que assistiram à derrocada do regime escravocrata no espaço urbano da cidade de São Luís, na segunda metade do século 19, enfrentaram uma instituição que lentamente deixava de ser a principal fonte de riqueza da aristocracia senhorial, mas que ainda demarcava toda a etiqueta das relações sociais. Numa cidade em que o número de pretos e pardos era quase o dobro da população branca e a população livre era majoritária entre os homens de cor, a presença do cativeiro na regulação material e cultural do mundo do trabalho era um aspecto fundamental da subjugação da população negra livre.[9]

Numa entrevista que concedeu em 1910 à revista *Os Anais* sobre a sua trajetória, o escritor negro revelou ter aprendido a ler sozinho e ter realizado diversos trabalhos de "moleque" durante a infância, ajudando a mãe na entrega da roupa lavada.[10] Nesse contexto, é a sua posição de irmão mais jovem que ilumina como uma família negra e pobre, vivendo num espaço marcado pela cultura da escravidão em todos os aspectos da vida social, pôde gerar um escritor ilustre em sua cidade. É que embora Astolfo Marques tenha trabalhado na infância, nunca foi arrimo de família como é comum aos irmãos mais velhos de famílias humildes, e pôde receber os parcos investimentos que a mãe e os irmãos puderam lhe oferecer.

Assim, diferentemente da grande maioria das crianças negras de sua época, Astolfo Marques pôde frequentar, ainda que de maneira irregular e intermitente, o sistema público de educação. Em 1885, com nove anos de idade, ele pertencia à quarta classe da escola da primeira freguesia de São Luís. Seu nome aparece no jornal porque foi um dos três alunos aprovados com distinção nas provas do colégio no mês de dezembro. Nos anos de 1891 e 1892 ele frequenta durante todo o ano letivo as aulas de português e francês ministradas pelo professor Müller, funcionário da escola municipal da primeira freguesia. Em 1895, rapaz de dezenove anos, é aprovado nos exames gerais de francês. Dois anos depois, integra a lista dos "aprovados simplesmente" nas provas de aritmética, geometria e trigonometria dos exames gerais de 1897. Nada que lhe permitisse ultrapassar a linha negra dos serviços manuais e humilhantes do mercado de trabalho. No ano de 1896, rapaz de vinte anos, Astolfo Marques ingressa como servente na Biblioteca Pública de São Luís.

Uma trajetória que expressa o pouquíssimo efeito da Abolição e da República para a mobilidade social da população negra. Na verdade, alguns analistas argumentam que a década de 1890 seria marcada pelo declínio das oportunidades e pela precarização dos direitos civis que os negros livres haviam conquistado durante o Império.[11] É mesmo essa a denúncia que fez outro intelectual negro maranhense, José do Nascimento Moraes, no romance *Vencidos e degenerados*, de 1915, por meio do seguinte diálogo:

— Eu esperava que depois do Treze de Maio, por que trabalhei tanto; depois do Quinze de Novembro, com que me alegrei bastante; esperava que houvesse uma renovação social. Errônea ou acertadamente eu cuidava que a pública administração, com luzes mais fortes e puras, tomasse outro caminho que não esse que hoje nos infelicita.

— Mal cuidaste, bem compreendo. Só se poderia dar semelhante transformação se os ex-escravos e seus filhos depressa aprendessem a ler e a escrever e muito cedo percebessem que coisa é essa que se chama direito político.[12]

O sentimento de desilusão com os descaminhos da Abolição e da República marcou fundo a geração de intelectuais negros que ingressou nas lides jornalísticas e literárias do fim do século. A força do preconceito racial clivou os efeitos libertários das reformas políticas modernizadoras. Problema tanto mais visível no Maranhão, onde a libertação dos últimos cativos, em 1888, coincidiu com a crise do sistema agroexportador do algodão e da cana-de-açúcar. Nesse contexto, a raça foi a linguagem da tensão social. Não sem razão, pouco mais de três meses depois da Abolição, o único jornal republicano em circulação na cidade de São Luís, *O Novo Brasil*, explicava sua ideologia nos seguintes termos:

> Pois bem, o partido republicano, que não admite *fidalguias nos brancos e brancas que nasceram livres*, muito menos poderá admiti-las naqueles que até o dia 12 de maio *eram* escravos. Por conseguinte, se tais indivíduos negam-se ao trabalho, faça-os o governo trabalhar na militança, já que não se prestam para outra coisa.
> (...)
> O gabinete 10 de Março, dando a liberdade aos escravos, procedeu de um modo antissocial, porque não cuidou de dar devido freio

ao desenfreamento que essa liberdade haveria de produzir. Além de prejudicar os ex-senhores, porque não os indenizou, ainda de mais a mais não preveniu, como deveria, as consequências funestas dessa liberdade precipitada.[13]

Sintomática da visão que esses republicanos tinham da população negra é a afirmação de que até o dia 12 de maio eram todos escravos num estado em que a população livre de cor é majoritária desde meados do século 19.[14] Não espanta que esses defensores do novo regime sejam tão francamente contrários à libertação incondicional firmada pela Abolição e que tenham na conta de "fidalguia de negro" a crítica e a recusa das condições de trabalho então vigentes, sugerindo a incorporação sumária dos homens negros para o trabalho no exército. O processo político, social e cultural de legitimação da Abolição foi bem mais complicado do que pode adivinhar o senso comum contemporâneo, que o despreza — seja como dádiva de princesa ou revolução vinda do alto. O enorme protesto que tomou as ruas de São Luís no dia 17 de novembro contra o jornal *O Globo*, que anunciara o golpe republicano do Marechal Deodoro, constituiu o clímax dessa tensão. Os manifestantes eram movidos pelo temor de que a instituição do novo regime viesse restaurar a escravidão no país. Tudo se encerrou com uma descarga de fuzil sobre eles, o que deixou alguns mortos e feriu várias pessoas.[15] Esse episódio marcou profundamente Astolfo Marques. No romance *A nova aurora* (1913), a manifestação é descrita com riqueza de detalhes. Nas palavras do autor:

> Parecia que todos os homens que, no ano anterior, estavam delirantes pela extinção do elemento servil, se achavam congregados na praça, formando uma guarda avançada ao trono em que desejariam ver Isabel, a Redentora, pois visando a este bendito nome,

de propósito, era os vivas que soltavam ininterruptamente, num entusiasmo eletrizante, e em convicção profunda de baterem-se por um ideal que não compreendiam com absoluta nitidez.[16]

O escritor tinha treze anos quando do incidente, e Josué Montello observa com razão a importância do relato, destacando a probabilidade de que o autor tenha conhecido pessoas diretamente implicadas na manifestação de 17 de novembro de 1889.[17] É provável que a experiência de testemunha do fuzilamento tenha marcado sua visão sobre a política e o ritmo das transformações sociais. No romance, ele condenou com veemência o papel que tiveram na incitação do conflito alguns políticos tradicionais da cidade, que não ficaram na lista de mortos e feridos. Em seus textos, sejam eles jornalísticos ou de ficção, os processos de transformação social são descritos como lentos e complexos. Não sem razão, as suas simpatias pelo socialismo o colocaram sempre ao lado das tendências reformistas e humanitárias e contra o sindicalismo revolucionário. No artigo "O socialismo entre nós", declarou: "necessitamos de socialismo, não resta dúvida, mas de um socialismo moderado, persuasivo e convencedor para promover a homogeneidade da ação entre o capital e o braço do homem de trabalho".[18] Em resposta aos que se irritaram com seu artigo, escreveu o conto "O socialista", incluído nesta coletânea, no qual debocha do pequeno grupo de militantes da causa operária que acreditava na viabilidade de uma revolução proletária no Maranhão.

Moderado, persuasivo, convencedor. Essa caracterização do "bom socialismo" também me parece uma boa descrição do estilo pessoal do autor, marcado pela rejeição do confronto aberto e pelo senso de que as transformações importantes podem ser muito lentas. É o caso da sua promoção, da condição de servente da Biblioteca Pública para amanuense e auxiliar do diretor, em 1898.[19] Mudança de status que, se melhorou seu salário, parece ter alterado pouco sua rotina de trabalho e menos ainda a etiqueta servil que a configurava, como citou o escritor Humberto de Campos:

> Uma figura houve entretanto, no Olimpo, que permitiu minha aproximação. Foi Raul Astolfo Marques, que se tornou conhecido, mais tarde, nas letras regionais, como Astolfo Marques, unicamente. Era homem de cor, de tez escura e embaciada, como a dos negros que sofrem do fígado. De estatura mediana, a fronte larga e fugidia, boca enorme e bigode ralo, possuía dentes enormes e brancos, que fazia aparecer a cada instante, sob a beiçorra da raça. Era amanuense da Biblioteca, mas desempenhava todos os misteres de servente: varria o salão, espanava as estantes, etiquetava os livros, enchia o filtro, molhava uma planta que havia à porta, e atravessava duas, três vezes, diariamente, a rua, para ir buscar na "Casa Transmontana" um refresco para Fran Paxeco, Francisco Serra ou Antônio Lobo. Era, segundo me disseram, filho de uma preta, lavadeira e engomadeira. E a isso devia ele, talvez, a alegria de exibir, pondo em destaque o seu terno de casimira azul-marinho, cuidadosamente passado a ferro, os mais duros e lustrosos colarinhos do Maranhão.
>
> Humilde e obscuro, mas infatigável no estudo e no trabalho, Astolfo Marques fez-se de tal modo indispensável aos homens brancos a quem servia, que, na organização da Oficina dos Novos, eles se viram forçados a dar-lhe um lugar a seu lado.[20]

As ambiguidades das funções de Astolfo Marques em seu ambiente de trabalho, nas fronteiras entre um serviço manual e um trabalho que demanda as competências do letramento, são reveladoras das condições de subalternidade de um homem cujo corpo deslizava entre os significados da recente "liberdade dos negros". Nas palavras de Humberto de Campos, não temos apenas a descrição de Astolfo Marques, mas dimensões do espaço simbólico em que viveu. A posição do escritor como subalterno é qualificada não apenas pelo caráter dos trabalhos de baixo escalão que desempenhava, como varrer o salão, espanar estantes, molhar plantas, ir duas ou três vezes pegar sucos para seus patrões, mas também racialmente: ele é o filho da preta engomadeira que servia aos brancos. A interpretação negativa de sua corporalidade negra ("tez escura e embaciada", "beiçorra da raça") é que confere inteligibilidade à baixa posição social do autor frente aos demais homens de letras do seu tempo.

> Mas Astolfo estava no lugar e na hora certa. A Biblioteca Pública de São Luís era um dos principais espaços de sociabilidade da cidade. Antônio Lobo, seu diretor, esforçou-se por organizar, a partir da instituição, diversos empreendimentos literários como, por exemplo, a *Revista do Norte*, publicada de 1901 a 1907, além de ter sido o idealizador da Academia Maranhense de Letras, em 1908. Neste sentido, a Biblioteca Pública era um lugar privilegiado para alguém com ambições literárias. Em torno a essa instituição, os jovens Astolfo Marques, Francisco Serra e João Quadros fundaram o grupo Oficina dos Novos e a revista literária *Os Novos,* iniciativa que congregou alguns dos principais intelectuais maranhenses em atuação de 1900 a 1905.

O trabalho do escritor como contínuo e, depois, auxiliar de direção da Biblioteca Pública, lhe permitiu constituir uma rede de sociabilidade e acionar um conjunto de relações de apadrinhamento, favor e clientela, capaz de converter suas ambições profissionais e intelectuais numa carreira exitosa para os padrões regionais. Some-se a esse aspecto o fato de o literato desenvolver um projeto intelectual afinado com as necessidades de legitimação simbólica da elite política local, cujo exemplo máximo é a pequena biografia *O dr. Luiz Domingues*, do governador do Maranhão, publicada oportunamente como parte do cerimonial de posse do referido mandatário estadual, em 1910.

Naquele mesmo ano, o governador Luiz Domingues nomeou Astolfo, interinamente, para secretário da Instrução Pública e do

Liceu Maranhense, cargo em que este permaneceu até outubro de 1911. O coronel Frederico Figueira, vice-governador da gestão, nomeou-o como oficial da Secretaria de Governo. Quando esse órgão se extinguiu, em 1915, Astolfo Marques foi realocado na posição de amanuense para a Secretaria do Interior. Em 1918, provavelmente por motivo de saúde, o escritor teve a aposentadoria decretada com todos os seus vencimentos concedidos, na condição de chefe da Segunda Sessão da Secretaria do Interior. Esse percurso de "escritor improvável" tem chamado a atenção, como é comum no caso de intelectuais negros, para as proezas de sua vida em detrimento da análise de sua obra. Não que tenham inexistido interesse e esforço genuínos de construir uma biografia do contista, mas gaste-se alguma tinta sobre seu "exemplo dignificante", os "obstáculos", as "dificuldades" que atravessou em contraposição à pouca riqueza formal de seus contos. Linguagem estranha que faz do racismo e de outras injustiças parte dos méritos de uma vida, em vez de interrogar-se sobre como ele obscureceu suas possibilidades de expressão e criatividade.

O único esforço conhecido de catalogação sistemática da obra de Astolfo Marques ocorreu por ocasião do centenário de nascimento do autor, em 1976. Ao que tudo indica, tratava-se de um projeto destinado a constituir fontes para o estudo da história intelectual do Maranhão, focalizando inicialmente os fundadores da Academia Maranhense de Letras. A cooperação entre essa instituição literária, a Secretaria de Imprensa, a Obras Gráficas do Estado (SIOGE) e a Fundação Cultural do Maranhão originou a pequena cartilha *Astolfo Marques: publicação comemorativa do 1º centenário do autor*.

A composição é organizada em quatro partes. A primeira seção é intitulada "Traços biográficos" e sumariza a trajetória do escritor. A segunda parte é constituída por uma espécie de "modelo exemplar" da obra comemorada: o conto "Pastores gorados", do livro *Natal*. A terceira, "Opiniões críticas", reúne uma seleção mínima de comentários acerca do trabalho intelectual do autor. A última seção é composta por uma bibliografia com quarenta e duas referências de produções do escritor, entre livros, artigos, contos, apontamentos biográficos, seguida do excerto "Fontes bibliográficas sobre Raul Astolfo Marques", com mais dez notações direcionadas à pesquisa sobre ele.

A principal característica desse documento é seu caráter institucional. O material, embora em grande medida destinado a estudiosos, não contém qualquer esclarecimento de ordem metodológica. Ao folhear a cartilha, que não é assinada por qualquer pesquisador, não se tem ideia de como aqueles resultados foram obtidos e por que são tão pouco representativos. Esses problemas são particularmente prejudiciais quando encontramos no documento a menção, sem qualquer indicação de referências, ao livro de memórias *Esquinas e vielas*, ainda inédito, que não existe em qualquer outra referência ao autor.

De qualquer modo, o documento nos oferece um ponto de vista privilegiado para compreender como a vida e a obra de Astolfo Marques são tradicionalmente interpretadas. A narrativa prioriza a contraposição entre a origem humilde do escritor e os espaços que galgou na cena literária de São Luís. A negritude não é mencionada. A baixa posição social de Astolfo Marques é assinalada pela ausência de menções ao pai, pelo trabalho de lavadeira da mãe e por sua precária formação educacional. Dados que organizam uma leitura de sua obra em contraposição ao "exemplo dignificante" de sua vida:

> Lendo os escritores mais característicos da língua, aprovisionando-se fortemente em Eça de Queirós, seu modelo preferido, Marques começou a escrever uma série de contos regionais retratando a vida popular do Maranhão. Nada lhe escapou da vida maranhen-

se de então: as festas de igreja, batizados, casamentos, velórios, reisados, rodas de S. Gonçalo, queimações de palhinha, os ritos de quaresma, as folganças carnavalescas, as danças folclóricas, o tambor de crioula, o bumba meu boi, as romarias a S. José de Ribamar, enfim, todos esses recortes coloridos do viver provinciano ele abordou em flagrantes verdadeiramente admiráveis.

Exemplo dignificante de autodidata, figurando o que escrevia nos melhores jornais e revistas de sua época, Marques trabalhou sem medir horas, surdo ao despeito e à inveja que vez por outra tentaram macular-lhe a obra.

Não é por certo um grande escritor, mas suas narrativas calcadas no dia a dia de nossa gente serão lembradas pela maneira sincera, objetiva, com que visualizava as cenas. *Natal, A vida maranhense*, os contos que estampou na *Revista do Norte* serão sempre lidos com prazer por quantos desejarem conhecer nossos usos e costumes e a própria linguagem popular nas duas primeiras décadas deste século.

Nesses termos, o que devemos celebrar em Astolfo Marques é a façanha do menino de recados que se tornou um escritor e não aquilo que sua trajetória singular e improvável lhe possibilitou revelar sobre aquele mundo. Mesmo as sensações de autenticidade, "sinceridade" e "objetividade", transmitidas pelo texto, não são lidas como resultado de um efeito artístico, mas como transposições brutas da realidade em palavras. Um trabalho feito de "registros" e "descrições" nas quais não se divisa a presença de escolhas e perspectivas. Razão pela qual a publicação comemorativa se dirige para o seu "exemplo de vida". No mesmo ano da publicação, o governo do estado inaugurou no vestíbulo do prédio-sede da Academia Maranhense de Letras, cujo logradouro é o mesmo onde outrora funcionava a Biblioteca Pública, uma placa de bronze com os seguintes dizeres: "Raul Astolfo Marques (1876-1918). Nesta casa começou humilde e nela glorificou seu nome nas letras maranhenses. Homenagem do Governo do Estado em 11/04/1976".

Nesse sentido, a construção da memória do escritor negro é forjada numa rede complexa de divisão social desse trabalho significativo que envolve intelectuais, instituições dedicadas à produção e à divulgação da cultura erudita, mandatários regionais e a autoimagem das elites dirigentes. No Maranhão, as principais reedições de textos relativos à história social e intelectual do século 19, almanaques administrativos, memórias, compêndios, dicionários histórico-geográficos, literatura em verso e prosa, além dos chamados *Apontamentos* e *Panoramas* sobre literatura, têm sido patrocinadas, concebidas e editadas às expensas do poder político estadual. É o caso dos programas editoriais Coleção São Luís (1970-72) e Maranhão Sempre (2000-2002). Um caso ímpar nesse sentido é a coleção Documentos Maranhenses (1984), que celebra a aliança entre o grupo empresarial Alumar, o governo do estado e a Academia Maranhense de Letras.

Organizadas na última década por comentadores regionais, tais coleções limitam-se a reedições ou a primeiras edições brasileiras, tão somente endossando as classificações prevalecentes. Ao objetivar resgatar títulos consagrados de épocas pretéritas, consideram que eles são autoevidentes, ou seja, falam por si sós e dispensam explicações ou análises críticas. Os comentadores frigorificam os textos, tal como sucedera com seus autores, como se as unidades discursivas se mantivessem constantes, alheias à dinâmica das representações sociais sobre elas, e não pudessem ser reinterpretadas, reclassificadas e dotadas de sentidos outros que não aqueles originais. O livro para eles é mais um discurso pronto, acabado e tornado peça inerte ou de sentido ornamental na coleção de bibliófilos e de colecionadores. Nada teria de um argumento dinamicamente recolocado, passível de ser criticado e destituído do peso que historicamente lhe foi imputado.[21]

A concepção do *Boletim Comemorativo* integra essa política de edição em que o texto é uma alegoria dos predicados literários da elite dirigente do passado e do presente e de seus esforços em nome da cultura. No caso do contista negro, esse tipo de história intelectual tem implicado a ausência de esforços biográficos densos, o estreitamento das possibilidades de leituras em classificações estanques e o reforço do contraste entre os esforços de sua vida e o alcance de seu trabalho literário.

É provável que uma das primeiras leituras a recorrer na chave "vida versus obra" tenha sido o já mencionado necrológio de Fran Paxeco, posteriormente publicado no segundo volume da *Revista Maranhense de Letras*, em 1919. O escritor português, nascido em 1874, e falecido em 1952, conheceu Astolfo Marques desde que aportou em São Luís em maio de 1900, integrando o círculo de escritores em torno da Oficina dos Novos e da *Revista do Norte*. Os comentários de pesar e ressentimento acerca da morte do amigo enfatizam a discrepância entre a força de vontade de Astolfo para seguir o ofício de escritor, representada pela sua vida, e uma sugerida indiferença ou desprezo por sua pessoa entre os companheiros de trabalho. Nos termos do escritor português, em pouco tempo a memória de Astolfo Marques ruiria mediante o "olvido cruel dos colegas", dado que sugere a existência de tensões entre o escritor e o meio literário de São Luís. Mas se a grandeza da vida do intelectual dispensa comentários, a fruição de sua obra é relativa:

> A sua função, sem revestir o brilho que ostentou a maioria dos seus pares de jornada, cujas tendências se diferençavam das que lhe incutiam coragem pro labor diário — essa função foi por ventura

de maior eficácia para gerações futuras. Deblaterava-se bastante, a data, contra o nefelibatismo — e um crítico definiu o nefelibata como o habitante da lua. Ora o Raul nunca teve em grande apreço as musas, e sobretudo as dos lunáticos. Preferia a prosa vil e rasteira, que força a mais torturas do que os mais remontados poemas. Dentro desse critério, pôs-se a observar as usanças da sua terra e descrevê-las. Faltava-lhe o sopro idealista — o pólen poético, se quiserem classificá-lo dessa maneira. Cingia-se a uma reprodução quase literal do que se lhe defrontava, porque a imaginação o desservia. Assim, aos sequiosos de simbolismo, as suas novelas pareceram áridas. Outros, porém, que se aferram à realidade, aos processos naturalísticos da arte, apreciaram essa característica das suas páginas, achando-lhes um sabor não comum. E qual era? A de retratarem, com a simpleza duma fotografia, as personagens e os quadros que o rodeavam. É que o Raul se preocupava com a cor local — o regionalismo, a que o Viriato [Correia] imprimiria, depois, um novo cunho, de mais gosto e requinte, mas sem maior exatidão. Salvou, dessa forma, alguns tipos citadinos ou panoramas amortecidos, que a inabalável rasoura dos tempos reduziu a pó.[22]

O autor português destaca, com acerto, duas qualidades dos contos de Astolfo Marques: a força do efeito de realidade transmitido pelo texto e o valor histórico daquelas estórias, que já na época se faziam notar por recuperar aspectos da cultura popular que estavam se transformando ou mesmo deixando de existir. Fran Paxeco imputa essas características aos limites (raciais?) de sua imaginação, embora flagre que a crítica à linguagem nefelibata era parte do projeto artístico do contista. Note-se que o destaque da preferência do escritor negro pela prosa "vil" e "rasteira" pode conter representações do intelectual europeu sobre o mundo dos pobres retratados em boa parte daqueles contos, a mencionada "cor local".

Por outro lado, o perfil traçado pelo autor português tenta responder, sem jamais mencionar a cor do confrade, as tensões entre as origens sociais do escritor e os espaços políticos e culturais de consagração intelectual em que fez seu nome. Para Fran Paxeco, a presença de Astolfo Marques nos círculos elitizados a que teve assento deve-se a sua grande capacidade de trabalho e aos lugares que ocupou, geralmente como secretário, nas agremiações literárias de São Luís. Função humilde, mas que deixava sob seu controle toda a documentação — memoriais, atas, catalogação de revistas, correspondências — necessária às pretensões daquela geração de fomentar a criação de instituições voltadas para a cultura erudita. Posição que o tornou uma figura indispensável, mas também incômoda como as últimas linhas da homenagem póstuma deixam entrever: "labuta modesta, sem a fosforescência do fogo-fátuo, que os medíocres imaginam, nem rasgos de talento imprevistos ou geniais, assinalará aos vindouros a proveitosa ação de Astolfo Marques, *superior à de muitos que se lhe julgaram ou julgam superiores*" [itálicos meus].[23]

O AUTOR REGIONALISTA E POPULAR

Outra chave de interpretação da obra do Astolfo Marques é aquela que o concebe como autor regionalista e popular, identificado com as tradições culturais de sua terra. É uma leitura construída pela crítica dos pares desde o seu primeiro livro, intitulado *A vida maranhense*, de 1905, e dado revelador do modo como o escritor construiu um projeto intelectual afinado com alguns dos interesses de sua geração, como os estudos folclóricos, a caracterização em prosa de ficção ou crônica dos tipos sociais urbanos, as pesquisas históricas, inflexões que se interrogam sobre a contribuição cultural específica de uma região para a vida nacional. Conforme caracteriza um historiador:

A produção intelectual da elite letrada maranhense na República Velha teve como marca sonante a disposição para a reflexão sistemática sobre o Maranhão. Ao mesmo tempo em que visava elucidar as especificidades históricas do torrão natal, essa atitude tinha por norte identificar e alicerçar imagens basilares e fundantes do Maranhão que fossem passíveis de utilização simbólica no processo de construção identitária, de sentido novo, reclamada naquela época prenhe de transformações. Para esses letrados, o Maranhão deveria ser repensado desde suas entranhas mais profundas; nesse sentido, a eles competia realizar o mapeamento dos entraves paralisantes da vida ativa regional e indicar alguma projeção de futuro que engendrasse uma realidade estadual renovada.[24]

Astolfo Marques esteve no centro desse debate. Um dos seus grandes projetos era a realização de uma *Seleta maranhense* contendo a sinopse biográfica de todos os escritores maranhenses do período colonial até a geração de seus contemporâneos na Primeira República. Antônio Lobo, no livro *Os novos atenienses*, relata que o contista estava preparando essa obra desde 1903 e que ela já estava sendo impressa na Tipografia Teixeira em 1909, embora jamais tenha sido publicada. Segundo o autor, "este último trabalho, de volumosas proporções materiais, constitui o guia mais seguro que desejar se possa para o estudo da vida literária da Atenas Brasileira".[25] Trata-se de uma obra conectada ao desejo de status e valorização simbólica da elite maranhense no instante em que a configuração das relações de poder na Primeira República assentou seu lócus periférico de atuação política na vida nacional.

Em paralelo à construção de uma narrativa histórica e biográfica sobre grandes personalidades maranhenses do passado e do presente, projeto que lhe deu muito prestígio social e cultural em São Luís, Astolfo Marques desenvolveu um longo trabalho de investigação literária, histórica e folclórica dos hábitos e costumes do povo maranhense. Paradoxalmente, o fato de possuir uma origem pobre no setor livre da população negra o tornava excepcionalmente habilitado para cumprir essas exigências do programa literário regionalista. Exemplo notável desse projeto é o livro que planejou sobre as festas populares maranhenses, no qual trabalhou de 1905 até o seu falecimento, em 1918. O manuscrito completo nunca foi encontrado, mas ele nos deixou um capítulo de fôlego intitulado "A Festa de São Benedito", no qual a profundidade da pesquisa histórica permite vislumbrar a envergadura do trabalho. Contos incluídos nesta coletânea, como "O batidinho", "Vestido de Judas", "A comunhão do Romualdo", e "Presentes de Festas", fazem parte desse esforço de pesquisa num momento em que as fronteiras entre a literatura e os estudos folclóricos ainda não estavam completamente demarcadas.

As apreciações que surgiram na imprensa sobre o livro *A vida maranhense* nos ajudam a compreender como esse projeto intelectual foi lido logo que veio a lume. O tom geral dos comentários revela muito do ambiente cultural e literário brasileiro da Primeira República, em que "o escritor se habituou a produzir para públicos simpáticos, mas restritos, e a contar com a aprovação dos grupos dirigentes, igualmente reduzidos".[26] Na coluna "Semanais" do jornal *Diário do Maranhão* do dia 7 de junho de 1905, foi anunciado com entusiasmo o livro de estreia de Astolfo Marques. Identificando-se apenas com o pseudônimo de "Hernani", o crítico concentrou-se no significado da publicação para a renovação do espírito literário local e nas tendências estéticas que perfazem *A vida maranhense*:

> Numa época em que o *spleen* invade incautamente o nosso espírito, destruindo paulatinamente as nossas energias psíquicas, é já um alevantado esforço a pertinácia no cultivo das letras e esforço ainda maior a elaboração de um trabalho literário, mormente moldado nos costumes de um povo.

Mais ainda do que o simples observar é ainda o perscrutar, afinando a vista longe, numa agudeza de espírito para descrições de quadros e cenas, e a este trabalho, que algo de preocupações dá, se entregou, devotamente, Astolfo Marques, tornando-se um acurado investigador e analista de tudo que lhe cabe em observação. Sutil e perspicaz no apanhar ao vivo o que vê, numa obrigação religiosa, constante, Astolfo Marques tem já essa profundeza de vista própria dos psicólogos, que tudo fotografam com fidelidade escrupulosa.

Para Hernani, é preciso levar em conta o significado da publicação numa época em que publicar era algo muito difícil e custoso. Isso mesmo quando, observemos a reticência, trata-se de um livro "moldado nos costumes de um povo". Ele descreve o autor como um "acurado investigador e analista de tudo que lhe cabe em observação", e destaca no livro a simplicidade da forma, a objetividade com que as cenas são fotografadas, a suavidade da linguagem. O regionalismo é a característica mais celebrada de *A vida maranhense*: "o livro de estreia de Astolfo Marques tem a cor nativa, é todo nosso, nos pertence de alma e coração, acrescentando a isso o sabor da época em que foi escrito, o que, indubitavelmente, torna o mesmo livro, por mais este título, deveras apreciável". Trata-se, enfim, de uma crítica positiva, que retrata a expectativa do meio literário maranhense por um programa de publicação coerente com seus anseios de renovação literária.

Dias após esses anúncios festivos do primeiro livro de Astolfo Marques, o jornal *Pacotilha* deu lugar à crítica da obra em sua primeira página. Sob o pseudônimo de "Bento Villares", o colunista pretendeu desnudar o projeto literário do contista negro:

> Costumo ler tudo o que escrevem os moços aqui da terra, e sempre me despertou atenção esse fato de não ver o nome de Astolfo debai-

xo de quatorze versos. Mas não é possível: ele há de ter publicado sonetos amorosos, pensava eu. E, encontrando-o, atirei-lhe esta pergunta: — Você nunca publicou versos? A resposta foi negativa. O fato, porém, não fica aí. Dos seus artigos por mim lidos concluí que ele não se atirou à exploração desse exploradíssimo campo do amor, que muita gente boa já proclama esgotado. Propósito calculado e firme, ou questão de temperamento, a circunstância não é de somenos valor. A notícia de que ia aparecer *A vida maranhense* veio reforçar, em mim, este juízo: o autor parecia estar possuído da intenção louvável de fazer obra duradoura e útil, estar mesmo convencido de que nosso viver de todo o dia tem muita matéria-prima para ser aproveitada, em substituição aos temas velhos e banais de livros que ninguém compra.

Com essas impressões preestabelecidas, lemos a primeira série de contos, agora publicada. E talvez porque era e é nosso desejo, lendo-o, vê-lo triunfar por completo, achamos que, ao menos quanto a este tomo, o título ficou muito amplo em relação ao conjunto do seu conteúdo. Ele prepara a expectativa do leitor para apreciação de verdadeiros costumes nossos, de onde ressalte a característica dominante de nossa índole, análise de feições e tendências, crítica de preconceitos arraigados, a fixação de tradições que não devem ser olvidadas, tudo isso, enfim, que poderia chamar a psicologia do meio, feita com arte e critério.

Astolfo Marques há de concordar em que a escolha dos assuntos, da qual depende a apresentação de certas figuras, é base essencial à realização do fim que o nome do livro pressupõe.

Se não me engano, teve o autor o intuito de chamar a esta coleção de *Cenários maranhenses*, título certamente mais compatível com a natureza do seu trabalho, ao passo que, o por si adotado, obrigava-o de certo modo, obedecendo aos preceitos da arte, a fazer a obra mais sistemática, com vistas mais gerais.

Não falta ao livro cor local e, a não ser por essa divergência em que estamos, só podemos dizer bem do que há nele escrito.[27]

Chamo atenção para a intimidade entre Astolfo Marques e seu leitor e resenhista. Dado que revela quão pequeno era o meio literário da época, mas também que Bento Villares provavelmente está referenciando uma concepção de arte e literatura compartilhada pelo escritor negro. Em particular, a crítica aos nefelibatas e a dedicação aos procedimentos realistas e temas de valor histórico, "possuído da intenção louvável de fazer obra duradoura e útil". A única restrição de Bento Villares à obra é o título. *A vida maranhense* pareceu-lhe um anúncio grandiloquente frente à matéria realmente tratada no livro. Além do mais, faltou à obra um retrato dos "verdadeiros costumes nossos, de onde ressalte a característica dominante de nossa índole".

O título do livro realmente criou alguma celeuma na imprensa. Nesse mesmo dia, o jornal *O Federalista* publica na sua primeira página, sem assinatura, uma resenha de *A vida maranhense*. Mais uma vez os comentários destacam a perseverança do autor em publicar seu livro numa época difícil, bem como a "linguagem, doce, simples, despretensiosa" que dava encanto àqueles contos marcados pela "observação fina e criteriosa". O problema mesmo era definir a "vida maranhense" pelas estórias da gente comum: "o título do livrinho, *A vida maranhense*, não nos parece muito adequado. O artista neste livro estudou apenas um aspecto da *vida maranhense*. Não é apenas nos sapateados e nas festanças do populacho que se revela a vida dessa bela porção da pátria".

Essas considerações merecem atenção. Na opinião do resenhista, Astolfo Marques deturpa e rebaixa a sociedade maranhense ao insinuar que o "populacho" e suas festanças sintetizam os significados culturais da identidade regional e nacional. Conforme anotou Antônio Lobo quatro anos depois: "Certa maledicência indígena julgou descobrir desdouros à reputação da terra, porque neles se desenhavam tipos e movimentavam tipos de categoria social inferior, como se essa não fosse também uma das faces do viver maranhense, capazes de estudos por processos beletrísticos". [28] Era assim que o registro social e racial do "popular" na obra de Astolfo Marques incomodava alguns dos seus leitores. Muito da ênfase no caráter puramente descritivo dos seus contos, sua mencionada ausência de imaginação, incorpora uma analogia sobre as origens sociais do escritor e os temas diletos tratados na sua obra. É o modo silencioso, cordial e elitista com que a recepção crítica fez da negritude do autor um artifício para sua leitura. Mas sem nomeá-la.

O ESCRITOR NEGRO

Malgrado o tema da "grandeza da vida" de Astolfo Marques e os presumidos sacrifícios que realizou para se tornar um intelectual, além dos destaques ao teor "regionalista", "descritivo" e "popular" de sua obra serem atravessados por significados raciais, a leitura do contista como um "escritor negro" é posterior à sua morte. Existem os silêncios flagrantes mencionados acima, assim como observações de época em torno de sua *cor*, como nas *Memórias inacabadas*, de Humberto de Campos. Entretanto, uma leitura da obra como contribuição singular à história do negro no Brasil ou a associação direta entre o preconceito racial e o percurso social do autor viriam depois, por meio de intelectuais maranhenses influenciados pela relevância estética do negro no modernismo brasileiro dos anos 1920 e 1930, pela antropologia cultural de Gilberto Freyre e Arthur Ramos e pelos estudos folclóricos de Edison Carneiro e Câmara Cascudo.

É o caso de Domingos Vieira Filho (1924-1981), que foi membro da Academia Maranhense de Letras, professor da Universidade Federal do Maranhão, e integrou a plêiade de intelectuais brasileiros articulados ao Movimento Folclórico Brasileiro. Em

1949, o pesquisador assumiu a Secretaria Geral da Subcomissão Maranhense de Folclore, visando à construção de um campo próprio de estudos nessa área, bem como sua institucionalização nas políticas públicas de cultura. Com esse fim, trabalhou durante dez anos à frente do Departamento de Cultura, ligado à Secretaria de Educação do Estado, com os governos Newton Bello (1961-1966) e José Sarney (1966-1970). Em 1971, o referido departamento transformou-se na Fundação Cultural do Maranhão (FUNC-MA), presidida pelo pesquisador durante o governo Nunes Freire (1975-1979). Portanto, a edição do *Boletim Comemorativo* pela FUNC, em 1976, é parte da política cultural encetada pelo próprio Domingos Vieira Filho.

Além de sólida carreira institucional, Domingos Vieira Filho escreveu ensaios que se tornaram referências obrigatórias para o estudo do folclore maranhense. Daí o interesse pelas manifestações populares, que o conduziu ao estudo da obra de Astolfo Marques. No livro póstumo *Populário maranhense: bibliografia*, de 1982, o folclorista destaca a importância do contista negro como fonte obrigatória para o estudo da cultura popular da região. "Nesses contos fixando a vida popular do Maranhão encontramos a descrição de alguns costumes e danças como o carimbó e o batidinho", ele escreve sobre *A vida maranhense*. Também considerava o livro *Natal* (1908) um manancial de "referências a presépios, pastores e lapinhas no Maranhão". O autor deu, ainda, atenção aos contos "Vestido de Judas" e "Reis republicanos"; o primeiro, como "relato do costume da malhação de Judas em Sábado de Aleluia, com a leitura de testamentos e distribuição de moedas em pequenas cuias de flandres", e o segundo, enquanto "narrativa dos antigos Cordões de Reis no Maranhão".

Nesse registro Astolfo Marques aparece como "fonte" para os estudos de folclore, perspectiva que enfatiza ainda mais o caráter descritivo de sua obra. Esse interesse levou Domingos Vieira Filho a escrever um perfil intitulado "Raul Astolfo Marques" para a *Revista do Maranhão*, em 1951:

> Raul Astolfo Marques, como tantos outros escritores brasileiros, notadamente Machado de Assis, foi produto de si mesmo. Não teve reclamos luminosos em sua carreira literária e esta, apesar de brilhante, não foi das mais fáceis. Era pobre e de cor. Em 1890 aqui na província ainda predominavam os preconceitos de cor, as ideias de linhagem e de fidalguia. O mulato — Aluízio Azevedo fixara magistralmente essa mentalidade no célebre romance *O mulato*, aparecido em 1881 — era visto com indisfarçável malquerença, um surdo desdém que não tinha, em absoluto, razão de ser. A cor nada significa e nem nos dá a conhecer a inteireza moral de um indivíduo. Tivemos muitos homens de cor notáveis. Patrocínio, o gigante de ônix da Abolição, Luís Gama, tribuno de valor, Cruz e Souza, torturado poeta simbolista, André Rebouças, engenheiro e conselheiro de Estado, Juliano Moreira, cientista de renome mundial, Teodoro Sampaio, geógrafo e tupinólogo, etc. Daríamos uma lista de valores negros se esse fosse o nosso intento neste cantinho da revista.
>
> Astolfo Marques teve, assim, que lutar contra duas forças diferentes mas poderosas: a pobreza e o pigmento. Da pobreza nunca conseguiu se libertar de todo. Vez por outra ela vinha sorrateira, encontrava o homem desprevenido e o tomava de assalto. Do pigmento, pouco a pouco se libertou com a revelação de seu talento, conseguindo cercar-se de admiradores sinceros.

Agora não se trata apenas de um escritor de "origem humilde", mas de um escritor negro. Astolfo Marques figura na galeria dos "valores negros" que orgulharam o Brasil por sua contribuição política e intelectual, como Luís Gama e Machado de Assis. O enobrecimento da trajetória de Astolfo Marques é efetuado a partir da sugestão dos preconceitos raciais que o autor teve que enfrentar para seguir sua vocação literária. O que merece destaque é ter sido ao mesmo tempo intelectual e negro num Maranhão dominado pelas ideias de linhagem e fidalguia. Tal como Vieira Filho acrescenta na republicação do artigo, na singela homenagem feita à passagem de Astolfo Marques pela Associação Comercial do Maranhão, move-o uma "admiração aleitada no respeito a sua obra literária, construída a custa de ingentes sacrifícios, que, se não excele em fulgurações geniais, se eterniza, contudo, pela nota humana de que está impregnada". Deste modo, são os "ingentes sacrifícios" realizados pelo autor o critério mais adequado para julgar sua obra. A velha chave da vida versus a obra. Mas agora o destaque é que muitos desses esforços visam ultrapassar o preconceito de cor:

> Nas horas de folga Astolfo Marques se enfurnava com os "seus" livros, que eram os da Biblioteca Pública, e, pelo estudo, procurava encobrir a cor e a humilde procedência. Do estrênuo esforço de estudar, de compulsar os clássicos e os melhores escritores da época, com pouco nascia o escritor. De início, timidamente, escreve Astolfo Marques, num estilo incolor, o qual nunca o abandonará, alguns contos regionais, em que retrata aspectos da vida popular maranhense. As intrigas familiares, tecidas às portas das vendas ou na meia sombra das igrejas, por desocupados e velhas beatas, as serenatas, nas esplêndidas noites de luar, de vozes soluçantes e pinhos dolentes, as romarias a São José de Ribamar, o mais milagroso dos santos da terra, as danças típicas, o batidinho, o tambor de crioula, o carimbó, as festas de aniversário, com descantes ao piano, as aventuras donjuanescas de rapazelhos pálidos, aleitados em Montepin et caterva, os crimes de senhores contra escravos, as festas da Natividade, presepes e as pastorais, os Santos Reis, os "Reis da Bandalheira", todos

esses coloridos recortes da vida maranhense de então Astolfo Marques fixou em seus contos, em flagrantes verdadeiramente admiráveis. Sentia bem esses assuntos populares, plenos de rude encanto, ele que era povo e vinha do povo.

A leitura de Domingos Vieira Filho sugere que a trajetória do escritor revela a combinação entre embranquecimento social, na medida em que o autor "vence o pigmento", e uma obra cuja vitalidade é carregar as marcas populares de sua origem social. "Acatado por todos, ricos e pobres, brancos e negros, Astolfo Marques é figura obrigatória nas rodas literárias da terra. E colabora nos melhores jornais e revistas do Maranhão." Nessa leitura, Astolfo Marques é um escritor negro porque sua consagração literária via Academia Maranhense de Letras indica a superação do preconceito racial, dos lugares comuns destinados aos negros, e constrói uma literatura voltada para suas próprias raízes culturais.

A perspectiva de Josué Montello é bem diferente. Uma das referências que fez a Astolfo Marques enquanto escritor negro estava relacionada à sua crítica aos "protestos excessivos" do movimento negro no centenário da Abolição em 1988. O romancista menciona uma "prova" de que a tese exata é a de Gilberto Freyre quanto aos efeitos positivos da mestiçagem no arrefecimento das tensões raciais.

> Eu próprio incorporei aos arquivos da Academia Brasileira, para o seu acervo de documentos intelectuais, uma fotografia expressiva, feita em São Luís, em 1900, por ocasião da fundação, ali, de um grêmio literário, a Oficina dos Novos, e a que pertenciam dois jovens negros, Astolfo Marques e Viriato Correia.
> Lá estavam também, moços, solenes, importantes, o poeta Maranhão Sobrinho, o futuro senador Clodomir Cardoso, o publicista

Costa Gomes e o mestre Antônio Lobo, este último romancista, jornalista e poeta, grande orador.

Há uma particularidade nessa fotografia: enquanto os brancos, ou supostos brancos, permanecem de pé, estão sentados o Viriato e o Astolfo Marques, ambos de colete, bigodes, correntão de ouro atravessado, o colarinho alto, *como se fossem os mais importantes no grupo dos jovens intelectuais do Maranhão*.[29] [itálicos meus]

As observações do autor são interessantes. Para ele, a existência de relações entre intelectuais negros como Astolfo Marques e Viriato Correia com a elite de seu tempo é uma confirmação da relativa harmonia entre negros e brancos no Brasil, prova de que os mecanismos sociais de consagração e reconhecimento intelectual no pós-Abolição estariam cada vez mais abertos ao talento sem distinção de cor. "A geração literária, que se constituíra no começo do século, criando em São Luís um grêmio operoso, a Oficina dos Novos, teve-o [Astolfo Marques] entre seus membros, e dele se orgulhava e se desvanecia." O self-made man construído por Domingos Vieira Filho, preocupado em "encobrir a cor pelo estudo", perde aqui toda a sua razão de ser, assim como seriam infundados os medos e a revolta de Fran Paxeco contra o esquecimento do amigo por pessoas que se julgavam "superiores" a ele. Muito pelo contrário: "Astolfo Marques está metido na sua pele, com o garbo e naturalidade de quem sabe que, na inteligência e na cultura do Maranhão, tem o seu espaço e o seu lugar". Uma leitura que comparece no desfecho do romance *Os tambores de São Luís*, de Josué Montello, nos pensamentos do ex-escravo Damião diante do seu trineto:

> Damião olhava embevecido aquela pequena massa humana, ainda mole, com os fios de cabelos úmidos, os olhinhos cerrados, os bracinhos encolhidos na camisinha de linho, e não podia deixar de lembrar-se

do barão, com sua famosa teoria de que só na cama, com o rolar do tempo, se resolveria o conflito natural de brancos e negros, no Brasil. Tinha ali mais uma prova, na sua própria família. Sua neta mais velha casara com um mulato: sua bisneta, com um branco, e ali estava o seu trineto, moreninho claro, bem brasileiro. Apagara-se nele, é certo, a cor negra, de que ele, seu trisavô, tanto se orgulhava. Mas também se viera diluindo, de uma geração para outra, o ressentimento do cativeiro. Daí mais algum tempo, ninguém lembraria, com travo de rancor, que, em sua pátria, durante três séculos, tinham existido senhores e escravos, brancos e pretos. Agora, ali em São Luís, já os negros entravam no Palácio do Governo, mesmo os do povo, com os pés no chão, as camisas fora das calças, e iam falar com o governador Luís Domingues, que se levantava de sua cadeira e vinha apertar-lhes a mão. No Liceu Maranhense, além dele, Damião, ensinavam o dr. Tibério e o Nascimento Morais, ambos negros. Viriato Correia, que ele vira menino, de cabelinho espichado, muito serelepe, colete, corrente de ouro, já lhe mandara do Rio de Janeiro, com uma dedicatória feliz, o seu novo livro, os *Contos do sertão*. O Públio de Melo, doutor formando no Recife, era agora delegado da capital. Na biblioteca pública, estava o Astolfo Marques. Todos negros, compenetrados de suas origens, e abrindo caminho na vida, sem que ninguém lhes perguntasse de quem eram filhos, e ali em São Luís, na mesma terra onde o poeta Gonçalves Dias, por ser bastardo e mestiço, não pudera casar com a Ana Amélia Ferreira Vale — que ele também conhecera, de cabelos longos, olhos negros, esbelta, cintura fina, um mimo de mulher.[30]

Note-se que na concepção de Josué Montello o conflito entre negros e brancos no país é "natural", sem fundamento político, um mero resquício da escravidão, prestes a ser erradicado devido à força integradora da mestiçagem no Brasil. É interessante que o branqueamento dos descendentes do negro Damião é análogo à diluição do ressentimento do cativeiro. Harmonia racial, branqueamento e a construção da identidade nacional brasileira tornam-se uma coisa só nesse jogo de imagens. A cor negra deve ser motivo de orgulho cultural, como no velho ex-escravo, mas não de "protestos excessivos" contra o racismo, como os que aborreceram o romancista no centenário da Abolição, em 1988. A menção aos escritores e funcionários públicos negros, entre eles Astolfo Marques, com postos de destaque na São Luís da Primeira República, visa a reafirmar que os preconceitos de fidalguia e linhagem eram coisa do passado na sociedade brasileira moderna e republicana.

Nesse sentido, Astolfo Marques torna-se um escritor negro, na leitura de Josué Montello, ao desenvolver sua produção intelectual num ambiente literário em que sua obra poderia refletir livremente as marcas raciais de sua origem social. Daí a importância do seu trabalho como "fonte" histórica, mas também como inspiração para o próprio personagem central do romance.

> A reação dos negros maranhenses em defesa da Princesa Isabel, por ocasião da proclamação da República, e que procurei fixar em *Os tambores de São Luís*, teve nele um de seus cronistas, no romance *A nova aurora*. Foi nele que, em parte, me baseei, para as linhas gerais de meu relato.
>
> Por vezes, refletindo sobre a vida e a obra de Astolfo Marques, pergunto-me se ele, com seu exemplo de luta e perseverança, não terá influído para que aflorasse na minha consciência de escritor a personagem central de *Os tambores de São Luís*. Parece-me que sim. Algo há de ter ficado em mim, como lição de sua personalidade humana. O Damião de meu livro tem um pouco de sua figura, sobretudo na hora em que Astolfo Marques está sentado na cadeira, com os companheiros brancos ao seu redor.[31]

Um depoimento eloquente sobre como os usos políticos da literatura a fizeram suporte erudito para o mito da democracia racial no Brasil do século 20.

ESTÓRIAS DO PÓS-ABOLIÇÃO

As leituras sobre Astolfo Marques são reveladoras, cada uma à sua maneira, das tensões que envolveram raça e consagração em sua trajetória intelectual. Dado notável não apenas pelo esforço em justificar a existência de um escritor tão improvável, mas pelo tom de condescendência dos pósteros, pelos modos silenciosos de colocar a origem social do autor em evidência, de transformá-lo em "fonte", espécie de informante nativo de outros tempos, de enfatizar o caráter descritivo, "sem imaginação", dos seus contos, de listar sua vida entre as provas da democracia racial no Brasil. Percepções que também envolviam o mundo social explorado na maioria dos seus textos, lidos como "regionais", "folclóricos" e, sobretudo "populares". Com efeito, as ambiguidades e o desconforto com que alguns de seus leitores manejaram este último termo — ora chateados com a centralidade do "populacho", ora considerando aqueles temas uma escolha "natural", livre expressão de um escritor negro num país marcado pela harmonia racial — nos permitem flagrar, a contrapelo dessas interpretações, que seus contos se engajaram, com pouco ou nenhum alarde, por meio de singelas "descrições", nas disputas políticas e intelectuais sobre "nação", "povo" e "raça" na Primeira República.

Muito do trabalho simbólico operado em sua obra de ficção curta consiste em fazer pensar e imaginar aquelas pessoas socialmente desclassificadas com base na cor e no estigma do cativeiro — nominadas como "ex-escravos", "libertos", "pretos", "crioulos", "mulatos" — como gente nativa do Brasil, e suas práticas culturais como reveladoras da identidade nacional brasileira. Esforço que, com diferentes inflexões e matizes, é notável em outros intelectuais negros e mestiços que atuaram no período do pós-Abolição, como Manuel Querino, Lima Barreto, José do Nascimento Moraes, Hemetério José dos Santos, além de uma gama de artistas como Patápio Silva, Eduardo das Neves, Benjamim de Oliveira e Arthur Timótheo da Costa, pessoas cujos escritos e arte vinculam o sentimento de ser brasileiro às suas origens negras e mestiças. Uma produção artística e intelectual que conforma uma estrutura de sentimentos peculiar, que poderíamos chamar de nativismo negro ou nativismo afro-brasileiro.[32]

Não espanta que o tom desses autores e artistas tão diversos se afine no ataque aos estrangeirismos eurocêntricos das elites e na crítica da desvalorização da gente da terra e seus costumes e do nacionalismo oficial, bem como no combate ao preconceito racial. Trabalho que se traduziu em quadros, peças de teatro, ensaios, conferências, contos e romances hoje esquecidos, mas que desempenharam um papel relevante para soerguer a crença partilhada pelos brasileiros até os nossos dias de que a gente negra constitui um dos pilares fundadores da nação brasileira. Uma ideia que estava longe de ser hegemônica na Primeira República, marcada pela persistência da cultura da escravidão nas relações de sociabilidade, pela recepção calorosa das teorias do racismo científico nas principais faculdades de direito e medicina do país e por uma política de imigração europeia que alimentava, nas elites dirigentes, a utopia de uma nação branca.

Em contraposição a essa alternativa, todo um conjunto de intelectuais e artistas, reputados de "menores", "provincianos", "regionalistas", "pré-modernos", vários deles negros e mestiços, investiram em formas culturais que permitiam pensar a nação brasileira como "mestiça" e "negra" naquele fim de século. Entretanto, uma história intelectual que privilegiou a atuação das vanguardas artísticas ligadas ao modernismo, especialmente o paulista, nos anos 1920, e os chamados ensaístas de 1930, notadamente Gilberto Freyre, Sérgio Buarque de Holanda e Caio Prado Júnior, bem como a política cultural de Getúlio Vargas durante o Estado Novo (1937-1945), rasurou do pensamento social brasileiro o trabalho desses polígrafos e artistas que atuaram no pós-Abolição.

Astolfo Marques foi um desses homens. As principais características dos seus contos consistem na ambientação da ficção no mundo dos pobres, no protagonismo de mulheres negras, no uso da linguagem coloquial e na tematização histórica. Conforme destacaram quase todos os seus leitores, é notória a tentativa de descrever as cenas da vida cotidiana de maneira simples e realista. Na maioria dos seus textos desenvolve-se a forma do chamado conto clássico, no qual uma história é narrada em primeiro plano e nela aparece cifrado um segundo relato, que surpreende o leitor ao emergir como tema central de toda narrativa.[33] Assim, um primeiro relato sobre a sedução converte-se no drama de um relacionamento inter-racial em "Vicência"; a narrativa da ausência de festejos em homenagem à Abolição na primeira década do século 20 transforma-se no relato das comemorações ocorridas no 13 de Maio de 1888, no conto "O Treze de Maio"; ou, para citar um último exemplo, a história de um julgamento torna-se um conto sobre as intrigas entre pessoas escravizadas e as injustiças do cativeiro, no caso de "O suplício da Inácia".

Muito do efeito de realidade transmitido por essas estórias deve-se ao fato de o autor fazer emergir o tema central do conto a partir do diálogo entre as personagens. Não sem razão, várias narrativas se iniciam a partir do encontro entre duas ou mais personagens, e todo o seu desenvolvimento se organiza na forma de uma conversa. Através desse caminho, o escritor negro faz da oralidade um componente formal de peso nos seus contos, aspecto visível naqueles em que o foco é a cultura popular e o folclore, e em que os personagens entoam canções, versos e trovas, como em "O batidinho" e "A promessa". Conforme observou a historiadora Mundinha Araújo, as estórias de Astolfo Marques se desenvolvem na linguagem e no clima do mexerico popular, do que se diz e se espalha à boca pequena, da fofoca.[34]

Um exemplo desse procedimento é o conto "Na avenida", que se desenvolve como uma conversa entre operários que relatam diversos "causos" de fábrica. O diálogo é um jogo de troças entre companheiros que fofocam sobre o que se passa por debaixo do pano nas companhias em que são empregados. Os desafios e as provocações entre os colegas fazem o leitor imergir na linguagem cultural do mundo dos pobres e em seus recursos expressivos. Um dos momentos mais bonitos do conto é quando a afronta entre os parceiros toma a forma de uma canção entoada pelos personagens:

> Minha gente venha ver
> Um caso que aconteceu:
> A cesta de carrinhos
> Que no mato se escondeu
>
> *Mi* largue, *mi* solte
> *Mi* deixe, por *favô*
> Não posso *lhi atendê*
> Foi o gerente quem *mandô*

Os ganhos dessa perspectiva, na qual o diálogo apresenta os acontecimentos mais importantes que se passam na ficção, são particularmente interessantes para a representação das personagens femininas, mulheres negras e pobres, que em vez de serem apenas descritas pelo narrador, tomam a palavra e conduzem a história. Elas ocupam o espaço público da cidade tagarelando por entre praças e esquinas, dançam e cantam nos arrabaldes e bairros pobres, fuxicam sobre vizinhos e conhecidos, discutem sobre a política, trabalham nas fábricas e nas ruas. Mulheres do povo que alargam o espaço do possível e inventam a liberdade à revelia da ordem racial e da dominação masculina. Um dos trechos mais surpreendentes do conto "Na avenida" é a atualíssima crítica da desigualdade de gênero no mercado de trabalho:

> — Época haverá — continuava a doutrinar o poeta — em que não existirá gênero algum de trabalho, seja material ou intelectual, em que a mulher não tome parte. A sua predominância atual é no serviço doméstico, e, nos sertões, nos trabalhos de lavoura, uma ou outra, quando se lhes mostram muitos campos que exercerem a sua atividade, para os quais não recebeu, entretanto, aprendizagem de sorte alguma. Prestando iguais ou melhores serviços do que o varão, cobra menos que este. A razão disso está em a mulher achar-se rebaixada, social e politicamente, apesar de a sua obra, no seio da família, se ter sempre desconhecido ou menoscabado.

É raro que a crítica apareça de maneira tão explícita nos contos de Astolfo Marques, dado que ajuda a entrever a centralidade do problema dos direitos da mulher para o escritor negro, que cresceu sob a liderança familiar de sua mãe e suas irmãs mais velhas. Em geral, suas narrativas abordam os problemas sociais e políticos recorrendo à tematização histórica do passado recente. Em alguns de seus contos mais emblemáticos, o desenvolvimento da ficção ocorre entre o momento coercitivo da ação política dos grupos dirigentes e as reações populares, cujo registro cultural é de outra ordem. Daí que um dos seus temas diletos são os embaraços causados pelas transformações políticas entre a gente comum, em especial as consequências da Abolição e da instituição da República.

Os seus personagens precisam se haver com a contradição permanente de pensarem a si mesmos enquanto *povo*, o sujeito político legítimo da nova ordem republicana, ao mesmo tempo que o preconceito de cor, o estigma do cativeiro e o cultivo de tradições culturais expressivamente negras e mestiças os impedem de ocupar o espaço do cidadão. É assim que no conto "Reis republicanos" o festeiro Daniel fica apavorado ao imaginar que a exibição dos três reis magos no seu presépio de Natal fosse tomada pela polícia como uma ofensa à proclamação da República ocorrida havia pouco mais de um mês.[35] Essa contradição também está na base da felicidade passageira de Agnelo em "Aqueles aduladores": preto pagodeiro, liberto do cativeiro na pia batismal, ele acreditou ter recebido um convite para o baile promovido pelo governador para comemorar a Abolição, gastou muito do pouco que tinha em roupas, mas tudo não passou de um lamentável engano. Mas é em "O discurso do Fabrício" que a frustração com o formalismo da República de 1899 atinge o clímax através do resgate da história real de um operário que, embora militante da causa republicana, terminou na cadeia quando combateu o autoritarismo policial do novo regime.[36]

É nesse sentido que a presente antologia nomeia esses contos como estórias do pós-Abolição. Termo em que o prefixo "pós" não significa apenas "depois", mas indica um contexto no qual os impasses sociais e políticos da época passada — a luta de pessoas escravizadas, quilombolas, libertos, operárias, negras de ganho, militantes abolicionistas, intelectuais republicanos, por estabelecer um contrato social fundado na liberdade e na igualdade — tornam-se explícitos na luta social de um novo momento histórico.

Trata-se de uma leitura que permite reinterpretar o que soa como apenas "descrição", "regional" ou "cor local", em contos como "Ser treze"; sobre a memória da Abolição e "A opinião da Eusébia", que trata da política higienista republicana. Nessas narrativas, o encontro entre velhas comadres, mulheres negras que viveram a experiência da escravidão, discursa sobre o significado das mudanças sociais e políticas no Brasil. Em "Ser treze", as libertas Eleutéria e Raimunda Codó, que se encontraram por acaso no dia 13 de maio de 1905, tentam compreender por que muitos negros da cidade negam que foram libertados no dia da Abolição. Uma negação que aos olhos delas e de seu autor lançava no esquecimento as lutas em prol da liberdade.[37] Em "A opinião da Eusébia", o problema é o contexto da peste bubônica em São Luís. A personagem central, ex-escrava das fazendas de Codó, não aceita os métodos da ciência médica para combater a doença e muito menos o modo autoritário com que era organizada a desinfecção das residências.

Ela mesmo não consentiria tal coisa na sua casa, se tivesse. Defumador por defumador bastava o que ela fazia todas as sextas-feiras, no seu quarto: um fogareiro pequeno de barro, um pouco de incenso, pastilhas e benjoim, uma lasquinha de pau-de-angola, pra afugentar as bruxas, isto quanto à casa; e, quanto ao seu corpo: numa banheira d'água do sereno uma infusão de murta, oriza, jardineira, folha-grossa, jasmim, tipi e uns dentinhos d'alho, e estava feito o negócio, "desinfeitados" casa e corpo. Estavam também com uma história de vacina, "chiringamento", nas costas ou na barriga, o que não ia com ela, que se tratara de bexigas em casa da Canuta, e não vira tanto arreganho e tamanho alarido.[38]

O que é notável nesses textos é o esforço por reproduzir o ponto de vista dos subalternos com os termos, categorias e representações com que essas pessoas sem vez e voz no discurso literário tradicional interpretavam suas experiências. O resultado foi a montagem de um conto intercultural em que o esforço em apenas descrever, sem qualquer tentativa de inovação da forma literária, teve o efeito de introduzir ideias e valores construídos às avessas do registro letrado dominante. A tentativa sistemática de conferir uma expressão literária ao imaginário popular de sua terra, cultivado por antigos escravos, peixeiras, libertas de ganho, crioulas, operários e tantos outros, fez de Astolfo Marques um intelectual negro moderno na periferia do Brasil.[39] Leitura proveitosa para todos aqueles que desejam multiplicar os começos da nossa história.

SOBRE O ORGANIZADOR

Matheus Gato nasceu em Campinas, São Paulo, em 1983, e viveu até a juventude em São Luís do Maranhão. Em 2002, ingressou na Universidade Federal do Maranhão, onde se dedicou à mobilização estudantil por ações afirmativas e políticas de cotas. Com doutorado e pós-doutorado pela Universidade de São Paulo, foi *visiting fellow* no Hutchins Center for African and African American Studies da Universidade Harvard em 2017 e 2018. É professor do Departamento de Sociologia da Unicamp, pesquisador do Núcleo Afro/Cebrap e coordenador do BITITA: Núcleo de Estudos Carolina Maria de Jesus (IFCH-Unicamp).

Nota editorial

No processo de edição destes contos de Astolfo Marques, um trabalho de transcrição foi feito sobre os fac-símiles dos originais, publicados pela primeira vez em periódicos e em publicações do próprio autor, como é o caso de *A vida maranhense* (1905). O critério utilizado para o manejo do texto foi o respeito ao original sempre que possível. Quando alterações pontuais foram necessárias, elas tiveram origem, em grande parte, na pouca qualidade de algumas reproduções, tornando necessário que conclusões por aproximação fossem tomadas. Em outros momentos, optou-se por fazer alterações e atualizações ortográficas, de modo que a leitura dos contos possa ser feita hoje como os leitores contemporâneos a Astolfo o fizeram: com familiaridade à forma escrita e à realidade tratada por ela. Isso foi realizado apenas com termos que hoje estão dicionarizados; outros, desconhecidos por nós, foram deixados intactos.

Ser treze

À memória de Joaquim Serra[40]

Anoitecera, havia pouco.

Na Avenida Maranhense conversavam, num dos bancos recentemente colocados ali no antigo largo do Palácio, as duas comadres Eleutéria e Raimunda Codó.

Decorreram muitos anos já que as duas mulheres não sabiam notícias uma da outra, apesar de noutros tempos serem unidas carne com ossos e morarem sob o mesmo teto, bebendo água juntas, dormindo na mesma tipoia, fumando no mesmo cachimbo e bebendo do mesmo mingau.

Circunstâncias imperiosas separaram as duas amigas, havia doze anos, ficando a Eleutéria na cidade e indo a Codó residir em Viana, donde só voltara em fins do ano passado.

Tão prolongada ausência, entretanto, não arrefecera aquela amizade fraternal. Pelo contrário, tornara-a crescente, e agora, que não mais se separariam, a Eleutéria apresentava à Codó uma criança vivaz e robusta para ela ser madrinha, ficando assim para todo o sempre alicerçada a antiga afeição.

A conversa se ia encaminhando sobre múltiplos assuntos quando na igreja da Sé o sino vibrou forte e sonoramente as sete horas. Parece que aqueles melífluos sons, ferindo os ouvidos das duas amigas, reavivou-lhes na memória cenas do passado.

Assim foi que a Raimunda Codó, lançando a vista para a Catedral, falou à amiga:

— Sabes de que me *alembro*, quando eu olho ali p'ra igreja da Sé? De quando gritou a liberdade; da festa de arromba que ali se fez, Eleutéria!

— É verdade, minha comadre, parece que foi ontem... Mas já lá se vão dezessete anos, que não são dezessete dias!

— A procissão de Nossa Senhora da Vitória, ali naquela Sé, pelo Treze de Maio, eu nunca vi outra mais bonita!

— E foi só isso? E as passeatas? Chega a gente não tinha mais tempo nem p'ra comer. De vez em quando os foguetes estouravam e a música zabumbava por aí afora, e lá a gente, se estava em casa, descansando, era só trançar a saia na cintura e ganhava o bredo.

— Tu te *alembra* da Margarida, aquela da casa das Macedos?

— Eh! Essa rapariga era levada da breca. Pois ela não teve coragem de, assim que chegou o telegrama dizendo que não havia mais escravos, chegar-se p'ras senhoras e dizer: "Agora todos somos iguais, quem quiser que vá ao Açougue. Quando as senhoras quiserem, têm uma casa às ordens no beco do Rancho"! E foi saindo acompanhada dum carroceiro com o seu baú na cabeça. As brancas ficaram todas com cara de André.

— E quando se fez uma passeata para cumprimentar o Maranhense e o Victor Castello,[41] que Deus os chame lá, que os pretos do Jerônimo Tavares apedrejaram a casa daqueles brancos que tinham muitos escravos, lá na praça d'Alegria?

— Mas, minha comadre, tudo isso contado não é acreditado. E a Vitória, das "Corações de Ferro",[42] que largou o balde lá no mercado, e não apareceu mais nas casas das senhoras...

— ... Que elas mandaram a polícia e o chefe respondeu que o

tempo de prender escravos já se havia acabado, que agora eram todos iguais.

— E elas ficaram com a cara deste tamanho!

— E nunca que a Vitória foi perdoada, pois, quando o Queirós foi delegado de polícia, elas arranjaram um aranzel com a rapariga que ela não só se meteu em bolos como teve a cabeça raspada.

— Mas o que não se pode negar é que as festas foram de estrondo.

— Também, foi só naquele tempo. Hoje está tudo mudado. Nem uma festinha mais se faz p'ro Treze de Maio.

— Sabe quem ainda faz um festejozinho, muito limitado, quase só p'ros de casa e os mais amigos? É nhá Amância, lá no Caminho Grande.

— E que não tinha obrigação, pois ela não foi treze. Ela é das que têm carta no cofo; ao passo que as *tais* de "alforria por decreto", assinado com pena d'ouro, essas se vão esquivando...

— É, minha comadre, a grande questão é que, hoje, ninguém quer ser treze; quando se puxa uma conversazinha diante dos que foram, eles vão logo escapulindo-se.

— Pois, outro dia, senhora, eu não tive uma pega com a Maria Benedita, lá no canto do Ribeirão?

— Deveras, minha comadre?

— É como te digo. Ora, nós que conhecemos Maria Benedita desde negrinha, com aquela canela seca, vendendo arroz de Veneza, da fazenda do coronel Gonzaga! Sabes o que ela teve coragem de dizer, na minha presença? Que ela foi *forra* na pia,[43] que nunca conheceu cativeiro, que foi criada como branca e outras gabolices mais. Ora dá-se p'ra isso!

— Muito bem arranjado, esse negócio! Ora a Maria Benedita! Ela que dê uma folga nisso, e que faça por menos...

— Mas também, eu desanquei a negra que ela ainda me fiou

restando! E ela agora há de andar na certa comigo. Trastejando, eu 'stou-lhe no piso...

— Quando ela estiver com essas pabulagens, diga-lhe: "Cuida com o teu corpo, rapariga, que tu não 'tás fazendo nada"...

— Não, p'ra cá agora ela vem de carrinho; quando não, estamos com o carro no toco. Na minha presença ninguém vem se apurar.

— Bem faço eu, que não nego o que fui. E p'ro quê? Eu sei perfeitamente que Deus Nosso Senhor não deixou cativo no mundo, que isso foi uma história dos homens. Por isso não vejo de que me hei de envergonhar. Digo em alto e bom som que fui escrava, e que achei um filho de Deus que deu por minha carta quinhentos bagarotes! Tenho-a no meu cofo!

— E eu digo em alto e bom som que fui liberta no dia primeiro do ano de oitenta e oito, do mesmo em que veio a lei de Treze de Maio. Sabes como os meus brancos eram atilados. Parece que a coisa rosnou lá por cima e eles, p'ra fazerem "um bonito", passaram a minha carta. Já se vê que eu também tenho carta no cofo...

— Bom, assim como nós, está bem, porque só dizemos a verdade. Mas essas outras que por aí andam, que p'ra não dizer nem que foram treze nem que têm carta no cofo, dizem que foram forras na pia?! Ah! Uma onça!

— Estão pensando que a gente veio ao mundo ontem. Mas hão de ser sempre desmascaradas.

— Dê daqui, dê dali, o que é certo é que o Treze de Maio aí vem e não se fala numa só festa, a não ser nessa de nhá Amância e, talvez, algum arrasta-pé em casa de nhá Domingas. Pra que tamanha ingratidão com esse dia, que é grande, que é todo nosso!

— Eu cá por mim sempre guardei o dia e hei de guardar enquanto Deus Nosso Senhor me emprestar vida e saúde. É o mesmo que ser um domingo ou um dia santo grande...

— A mesma coisa se dá comigo. E o que há mais de admiração

nisso é que nenhuma de nós foi treze; temos ambas as nossas cartas no cofo.

— É por isso que dizem que o melhor sentimento é o que se concentra no coração e não o que se alardeia. Não fazemos festa porque não podemos; mas guardamos o dia com a maior veneração, cá no nosso peito. Ser treze é uma grande coisa, Eleutéria!

— É uma honra, minha comadre!

Estas últimas palavras foram saudadas pelo mesmo sino, que, dando agora as nove horas, o sonoro e cadenciado bimbalhar como que bendizia aquelas duas mulheres que numa linguagem simples, banal, confessavam o seu ardente patriotismo, o seu amor e devotamento pela grande data dos brasileiros.

✳

A estas horas certamente que, como elas, muitos comemoram no coração a data da lei que fraternizou os nacionais e que, igualando pretos e brancos, prenunciou uma nova era — a do recorte do solo livre pelo braço livre, lavrando-o e fertilizando-o para tornar o país grande entre os que são os maiores no concerto das nações...

Pacotilha
13 de maio de 1905

O discurso do Fabrício

A Vespasiano Ramos[44]

A classe comercial fizera naquela tarde uma estupenda manifestação de regozijo pelo advento da nova forma de governo.

Do largo dos Remédios partira uma grande procissão cívica, em que se ostentavam carros alegóricos, andores com bustos dos principais propagandistas republicanos, pintados a óleo; bandeiras de todas as repúblicas do universo; deusas da Justiça, do Comércio e Lavoura, da República; um índio, representando o Brasil, e deuses mitológicos: Marte, Minerva, Apolo, Mercúrio, Diana e outros. Caudalosos rios de dinheiro foram gastos para revestir de tão esplendorosa pompa a passeata dos comerciantes, que propositalmente se aguardaram para serem os últimos a cantar hosanas à República nascente. E o rutilante préstito, depois de percorrer galhardamente as principais ruas e praças da cidade, recolheu-se ao Teatro São Luís, onde, à noite, houve imponente sessão solene, a que assistiu, além do governo provisório, a delegação de todas as classes sociais.

Entre os oradores inscritos, achava-se o Fabrício, chefe duma das oficinas da Usina Maranhense, homem de ilustração acima do vulgar. O seu nome, conhecido em todas as sociedades, era acatado reverentemente. O Fabrício fora presidente do Clube

Abolicionista e, na Usina, se os operários tivessem uma instrução regular, teria, inspirado pelo seu saber, conquistado um lugar preeminente; levantaria, se quisesse, um partido, tal a cega abnegação que por ele tinham. Acercava-se daqueles que, pela sua inteligência, o poderiam compreender e explicava-lhes, fundado na sua farta e variada leitura, a república, que ele considerava a melhor forma de governo para um país. Pregava-a com uma eloquência em nada inferior à dos melhores tribunos. E, dos que o podiam entender nessas prédicas, só um, o João Cadete, divergia das suas ideias. Todas as vezes que o fervoroso républico terminava, na Usina, as suas "palestras doutrinárias", o Cadete respondia-lhe:

— Qual, seu Fabrício, se "isto aqui chegar a ser República", algum dia, muita gente apanha bolo e você vai à cadeia!

Ainda no dia em que o telégrafo trouxe a sensacional notícia de que a República passara a reger os habitantes das brasílicas terras, o Fabrício, opulentamente possuído de alegria, esfregando as mãos, chegou-se sorridente ao Cadete, e disse-lhe:

— É agora que você vai ver o que é governo! Vamos navegar em mar de rosas!

— É agora — retorquiu o Cadete — que você vai à Cadeia e que muita gente apanha bolo! Vamos navegar em mar de espinhos!

✷

O pessoal da Usina ocupava grande parte do Teatro e estava religiosamente empenhado em ouvir o discurso do Fabrício. Afirmava-se que este, não fazendo caso do amordaçamento da imprensa e do medo então reinante, iria dizer, "nas chinchas" do governo, o seu sentir, lançar o seu protesto pelos grandes desmandos, protesto que exprimiria o mais verdadeiro sentimento popular.

Assomando à tribuna, o Fabrício foi recebido por uma estridente salva de palmas, que rumorejou altissonante pelo abobadado edifício, ao contrário do que o auditório, superior à lotação da casa, fizera com os oradores que o precederam e que foram recebidos friamente.

Diante da estrepitosa manifestação que o povo lhe faz, o tribuno deixa transparecer a comoção, dominando-se, porém. Fitando a enorme massa popular, que incessantemente o aclama, como que procura perscrutar o que vai na alma do povo, o que ele sentia e o que ia de sincero nas constantes e vivas aclamações.

E a multidão, de instante a instante, agita-se sofregamente; todos como que anseiam pela palavra do orador; sente-se que aqueles milhares de cérebros têm o mesmo objetivo, o mesmo desejo.

Faz-se, finalmente, o silêncio; e a palavra do orador, temida e querida, é escutada. Fluente, emocionante, carinhoso umas vezes, causticante outras, vai dominando o auditório, que, compacto, se acotovelava.

O povo, agora, mudo e quieto, sentindo vibrar a sua alma às palavras do Fabrício, ouvia-o atentamente, embaladamente preso ao silêncio; aquele discurso, em que ironicamente era feito um verdadeiro libelo de acusação aos membros do governo provisório, era também o porta-voz das angústias de todos aqueles corações.

E quando o ardoroso orador compreendeu que tinha por si a grande massa popular e que, pela palavra, dominara essa avalanche de seres vivos e pensantes, perorou:

— Concidadãos! Esta forma de governo que ora nos felicita, de República só tem o rótulo! A República, como deve ser, ainda não a temos, pois os bolos estão chovendo nos postos policiais, e, cidadãos livres, como somos, nós, os brasileiros, assistimos ao degradante espetáculo de ver os nossos irmãos com as cabeças raspadas à navalha, a um simples aceno do Queirós![45] Abaixo os tiranos! Viva a *futura* República!

A grandiosa assistência avermelhou as mãos e enrouqueceu-se, tão estridentes foram os aplausos com que ela abafou as últimas palavras do vibrante orador.

✳

O Fabrício, ao deixar a tribuna, erguida no palco do São Luís, avaliava a profunda impressão produzida pelo seu discurso no espírito público, mas não supunha, não calculava o ódio que havia causado aos governantes. Por isso, não foi sem grande estranheza que, ao chegar à casa de sua residência, viu, formado à porta, um pelotão de policiais que o esperavam. Preso, sem resistir, deixou-se conduzir placidamente à presença dos membros do governo provisório, cujos atos foram por ele, instantes antes, criticados acerbamente, violentamente.

A sua fisionomia, naquele momento, estava revestida da mais dolorosa impressão. Desditoso contraste! Uma hora antes, quando muito, o Fabrício recebia as unânimes aclamações dum povo, por intermédio de representantes de todas as classes sociais, e estava radiante de glória, enlevado, satisfeitíssimo, por ter cumprido um dos mais meritórios deveres — advogar a causa do povo. Agora, estava como que diante dum tribunal, mas não dum tribunal digno desse nome. Atiravam-lhe toda sorte de impropérios, insultavam-no baixa e torpemente, e ele, impotente para se defender diante daqueles espíritos neronianos, submetia-se, e, resignadamente, ouvia tudo. Ainda tentou justificar-se, dizendo timidamente:

— Eu pensava que a liberdade da palavra me seria mantida, como cidadão que sou...

— E *tu* ousas falar em liberdade, porventura?! — atalhou encolerizado um dos governantes.

E o Fabrício, o "arrojado que tão atrevidamente ousara criticar os atos do governo", chamando para este a ira e o clamor públicos, foi mandado levar à prisão, ficando incomunicável, como se fosse réu de crime nefando.[46]

O Clube Abolicionista,[47] de que o Fabrício fora presidente, gozava de grande simpatia e popularidade. Não pequena foi, por isso, a indignação que causou o procedimento do governo, mandando prender o seu *factótum*. O povo, satisfeito com a notícia da nomeação dum governador, que viria do Rio de Janeiro, estava disposto a dar começo à reação. Ao demais, constava que a canhoneira *Traripe*, que guardava o porto de São Luís, ficaria neutra ante qualquer movimento, em virtude de divergência do seu comandante com o governo. Na capital da República eram com veemência profligados os desmandos dos que, no Maranhão, dirigiam a barca governamental; e, portanto, qualquer reação, não importava por que classe, teria os aplausos e o auxílio do povo e as forças seriam impotentes para contê-lo.

Ou fosse por temer uma rebelião, ou por solicitação da diretoria do Clube, ou ainda por se arrepender da violência, o certo é que o governo mandou soltar o Fabrício, logo ao alvorecer do dia seguinte.

Centenas de pessoas, numa crescente romaria, se encaminharam para a casa da vítima, apresentando-lhe todos "os seus cumprimentos pela sua liberdade" e os seus protestos da mais "franca e inquebrantável solidariedade".

E, quando nesse mesmo dia, o Fabrício compareceu na Usina, era de ver os cooperários, num concerto harmonioso, correrem pressurosos a dar-lhe os parabéns pelo discurso, cujo brilhante sucesso a prisão nem sequer de leve conseguira ofuscar. O Graciliano, um dos seus admiradores incondicionais, classificou o orador de "grande mártir", e numa insistência viva pedia-lhe o original da vibrante peça, a fim de remetê-la para a Corte (ele ainda se não havia acostumado a chamá-la Capital Federal), onde seria publicada na *Tribuna Liberal*, do Laet.[48] A Corte inteira, e o estrangeiro, depois, ficariam sabendo das horripilantes barbáries e das inqualificáveis violências postas em prática na sua terra; o capitão Queirós, o desumano delegado, seria chamado à presença do ministro da guerra e quem sabe se não iria "dar com os costados em Fernando de Noronha"...

Mas o Fabrício negava-se peremptoriamente a franquear ao Graciliano as tiras em que foram esculpidas as ricas e preciosas frases que constituíram o seu discurso, cuja fama ressoava pela cidade toda. Guardá-las-ia como uma relíquia dum valor inestimável, para atestar aos pósteros o quanto tinha sido infeliz o seu torrão natal no término de 89. E o Graciliano, respeitando as "justas considerações" do seu companheiro, do "reivindicador da liberdade", desistiu do seu propósito, não sem grande desgosto, por não poder, pela forma que desejava, "dar uma lavagem na canalha", lá mesmo "nas barbas do Deodoro".

Chegada que foi a vez do João Cadete trazer os seus cumprimentos ao Fabrício, destacou-se bem do grupo, e, em alta voz, falou, saboreando o seu prenúncio:

— Então, seu Fabrício, que lhe dizia eu?

— Muitas coisas, seu Cadete, boas e más...

— Não, seu Fabrício, nada de subterfúgios, fale a verdade. Eu não lhe dizia que "quando isto aqui fosse República", muita gente apanharia bolo e você iria à Cadeia?!

— Ora, seu Cadete, isto são infelicidades da vida...

A vida maranhense

O batidinho

A Monteiro de Souza

O Sol, elevando-se no Oriente, brunia com os seus oblíquos raios a ondeada superfície das águas, que formava como que um fundo fantástico de luminosa prata ao quadro encantador que bordava a praia.

Perto os suspiros do gigante estremecido, a beijar ininterruptamente o formoso manto de areia que cobre a praia, a qual devolvia em ricas galas, por entre centenas de barcos atopetados de laranjas e garrafões de tiquira, a fecundante carícia das ondas e a terna excitação de vívidos eflúvios.

Longe o rumor da invasão elegante, o ranger dos "carros da roça", o tropel dos cavalos, a estridente vibração do tambor, das harmônicas e dos pandeiros, a "entrada solene" do Trancredo, cantando a "Revista do Ano", tudo isso enchia o ar de confusas notas e imprimia ao solo rítmicas trepidações.

O dia avançava. Já o sol dardejava fortemente, e terminara, havia pouco, a cerimônia religiosa na ermida.

Dum luminoso grupo, reunido no Adro, destacou-se um par. Eram Rosáura e Levina, a gentil Rosáura glorificada pela sua arrogante formosura em plena florescência, e a amável Levina, tão fina de espírito como de contornos. Encaminhavam-se para a rampa, quando se encontraram com o Pedro Maneiro e o Zé Prisco, que desembarcaram do *Tupi*, o qual chegara com quarenta e seis horas de viagem.

O Zé Prisco indagou logo se havia animação, se tinha muita gente, se já houvera rolo e outras coisas mais, ao que elas responderam ir tudo muito bem, e que só o que as entristecia era a falta dum batidinho,[49] pois no dia seguinte terminava a festa e nada... Uma gente sem gosto, concluíam.

O Pedro Maneiro garantiu logo que a coisa se faria, desde que houvesse gente, pois por dinheiro não fazia questão. Elas que fossem escolher a casa e convidar o pessoal. Chegando ao Adro os dois recém-vindos encontraram-se com o Franklin e o doutor Antero, que lhes garantiram que o batidinho estava já organizado para as duas horas da tarde, mais ou menos, horas em que, por uma forte calma, eles se poderiam transportar para o festim, sem receio de "encontrar famílias". Iriam sem susto, que ninguém os veria. O Filinto era o encarregado dos convites e o Armando o diretor-geral do batidinho. E despediram-se, ficando assentado encontrarem-se no festim.

Uma hora da tarde. O Filinto percorrera já todas as casas onde se aboletavam as dançarinas, avisando-as de que às duas horas em ponto começaria a função, sendo que o estrondo dum foguete de bomba real chamaria a postos; três ditos, daí a minutos, indicariam o começo da festança. Eram esses os sinais convencionados. E foi cumprida à risca essa parte preliminar do programa.

O avarandado em que se realizaria o pagode, preparado em forma de anfiteatro, apresentava um aspecto ruidoso. Num primeiro plano os dançarinos (havia-os de ambos os sexos), no segundo os assistentes, em número elevado, notando-se representantes de todas as classes sociais, até "clérigos e juízes", como comentava ufano o Pedro Maneiro. Num tablado organizado à pressa, em forma de barracão, estava a orquestra, que, sob a regência do Perez, e composta de violas e violões, reque-reques, maracás e pandeiros, tinha como executores os mais abalizados rapazes, escolhidos pelo Alberto, que fora também o arquiteto daquele pavilhão.

A notícia do batidinho circulara já por todo o sítio, sendo por isso enorme o número de invasores. Ao Alberto sugeriu, à vista disso, uma "ideia magnífica": fez-se porteiro. Cada galopim que quisesse entrar pagaria "cinco cédulas", e o produto dessas entradas reverteria em favor da compra do *chanfre*. Haviam de ver que daria "para duas caixas de cerveja".

O Armando, que ficara encarregado da direção geral do samba,[50] tinha como auxiliares, além do Filinto, o Zé Prisco e o Barroso. Ia, dizia o diretor, "fazer como no teatro". Haveria três atos, com tantas cenas quantas o espaço de tempo permitisse, não podendo cada pessoa dançante demorar-se na roda mais de quinze minutos.

Tudo assim organizado, afinada a orquestra, selecionado o repertório, o Armando fez tinir uma campainha. Era o início da função.

Sai à cena a Rosáura, com a sua rechonchuda e dulcerosa figurinha, sendo recebida por uma estrepitosa salva de palmas. Agradeceu com gesto, e, sinalando à orquestra, começou:

> Adeus, caboclo índio
> Estou feita no vadiar
> Minha senhora, de que chora essa criança?
> Chora de barriga cheia, chora de arrear
> Adeus, caboclo índio
> Estou feita no vadiar

E, assim cantando, viam-se lhe os seios impudicamente desabrochados no decote. Animava-se o batidinho. Os pandeiros rufavam alvoroçadamente e retiniam. A Rosáura tinha agora como companheiras a Zenaide, a Florinda e a Maria Vieira. O Armando, no auge do contentamento, saltara para a roda e, num bater animador de palmas, saracoteava com as rechonchudas pernas. E atabalhoadamente prosseguiam:

> Adeus, caboclo índio
> Estou feita no vadiar
> Pega caboclo
Bota camisa pra dentro
Tenho ordem do manichupa[51]
Da Guarda Municipal

Nisto o Armando fez tanger a campainha, indicando "a mudança de cena". Uma chuva de aplausos fez que a Rosáura, sorrindo cheia de graça e brandura, cedesse a praça e se antevisse "no caminho da glória", na frase do Pedro Maneiro.

Mudados cena e repertório, um festivo bimbalhar de sinarada, e um grande rumor de palmas saudou a Bébé, que com a Levina e a madura Halina tomavam o lugar em que a Rosáura acabava de receber tantas ovações. E começaram:

> Mulata quem te domina?
>   (Coro) Ó maneiro-pau
> Quem te faz andar assim?
>   Ó maneiro-pau
> Mulata no meu poder
>   Ó maneiro-pau
> Não gasta senão cetim
>   Ó maneiro-pau

O Filinto andava adoidado, a perguntar aos assistentes se não achavam que a Bébé se saía na dança muito melhor do que a Rosáura, encontrando grande maioria em prol da "sua sábia opinião".

E num algarar de vozes continuavam:

> Era eu mais o meu mano
>   Ó maneiro-pau
> ....
> Ele não paga, nem eu,
>   Ó maneiro-pau

Segundo quarto de hora. Entra a terceira cena, em que tomam parte pessoas de ambos os sexos. Personagens: Firmina, Eufêmia, Vivina, Caóba, Nóca, Zé Prisco, Augusto e Filinto. Formados em ala, por entre ela vem a Firmina, que trazia à mão uma ventarola, reclamo do *Cambará*, e que servia de batuta. Antes de penetrar na roda fez uma ligeira alocução. Não viria à cena se não fosse o afável rogo da sua amiga Cota, que lhe disse, e ela repetia sem modéstia, ser a única pessoa que se poderia desempenhar bem desse ponto. Sabia-a "perítima", pois no Amazonas era ela considerada a "rainha dos batidinhos".

Portanto, concluía, vinha satisfazer a sua amiga, mas pedia toda a atenção para o exórdio. Com a mesma acolhida delirante da Bébé, o mesmo algarar de vozes, entrou:

> Boa noite, meus senhores
>   (Coro) Tan tan ran tan
> Que é de seu Liberato?
>   Tan tan ran tan
> Seu Liberato não está aqui?
>   Tan tan ran tan
> Para onde ele foi?
>   Tan tan ran tan
> ....
> Seu Liberato é um canalha!
>   Tan tan ran tan

....
    Mas eu vou pra São Bento
      Tan tan ran tan
    Pra festa do Livramento
      Tan tan ran tan
....

As palmas e os hurras, que coroavam as últimas gesticulações da Firmina, agora cansada e subjugada, tornaram-na delirante sob as carícias da Cota, que lhe agradeceu, acrescentando que "ela ia cada vez melhor" e que era por isso que "o italiano, lá de Manaus, não sossegava *dês* que ela pra cá se veio". Essa "era a verdade", concluía.

O Armando anuncia um intervalo duns dez minutos, ao mesmo tempo que o Filinto, seguido pelo Augusto e pelo Barroso, penetraram no anfiteatro, sobraçando garrafas de Pilsner e Brau, de duas caixas compradas com a renda da porta. Não havendo copos para satisfazer aquela multidão, o Pedro Maneiro propõe que se recrutem todas as cuias, canecas e tigelas existentes na vizinhança, de modo que a demora na distribuição das "talagadas" não "borrasse o capítulo".

E as garrafas vazias amontoavam-se, ao passo que as cheias apareciam como que miraculosamente. O Filinto sentia-se feliz em poder introduzir no meio delas "alguma bisca", tal como uma garrafa de Munim, uma outra de *drinque*, o que concorreria para "melar o povo" e "animar a festa".

E realizava-se o vaticínio do Filinto. Um bando farfalhante de saias invadia o centro do anfiteatro, num coro de gritos e gargalhadas, ditos chistosos, alcunhas.

Numa pequena roda a Levina e a Bébé comentavam:

— Ora a Eufêmia! Quem haveria de dizer?! Lá no *Silva Santos*, e já no *Marciano* mesmo, com aquele vestido mal amanhado de chita cor-de-rosa, do bate-enxuga de todos os sábados, e hoje apresenta-se assim entre nós!

— E já tem alguma coisa — acrescentava a Bébé —; tem roseta de argola e sandália bordada... Quem será o pato?

— Ora, quem será... Isso nem se pergunta. Caixeiro viajante, caixeiro viajante — responde a Bébé.

— Não viste a Paraná? Até de carro andou! É assim este mundo. E viva a pândega! Agora o que eu garanto é que aqui ela não dança. Não admito que uma sujeita da força dela venha aqui impingir que sabe dançar. Ou eu faço isso, ou não me chamarei mais Levina.

— Lá isso é — concordou a Bébé. — Aqui é só pra turunas.

— Outra que não me entra aqui é a Mariana. Debochada que ela é! Não parece tão velha! Pensa que ninguém sabe que ela pinta a cabeça. Não a viste, tamanha sete horas do dia, deitada ali na beira da estrada numa rede com o Pinto Estoiro?!

— Isto é público aqui já. Uma devassidão! — concordou a Bébé.

Um toque retinido de campainha veio interromper a conversa das duas e terminar a confusão que ia no anfiteatro. Um silêncio religioso mesmo chegara a estabelecer-se. Era o Armando que chamava a postos para o último ato. Dançam todos!, gritou. (Aplausos das galerias.) Nisto pula em cena a Eufêmia, numa desenxabidez inaudita, saracoteando-lhe nas orelhas rutilantes brincos.

— Fora, fora! — gritaram uníssonos os assistentes. — Fora, fora a branca afobada! Venha a Rosáura! Venha a Bébé! A Firmina!

A Levina manobrara tão bem que provocara no auditório essa antipatia pela Eufêmia.

E a apupada, atarantada e pálida, deixou a roda.

Então salta um vulto a bolear, torcendo-se em denguices. Era a Gordinha, que, dizia ela, há dez anos que não via um batidinho tão a seu gosto como aquele e que por isso se influíra. Outro vulto cai na roda: era a Rosáura, que com um rubor de brasa na face morena ia puxando pelo braço o Zé Prisco, que se deixava levar, e bailaricava também. Entraram a Bébé, a Florinda, seguidas por todas as outras, até mesmo a Eufêmia.

E era agora uma sarabanda boleada de quadris, a porfiar desbragadamente, ininterruptamente. Era um desnalgar de dançarinos. O Pedro Maneiro, sentado num banco, bamboava as pernas e esfregava entusiasticamente as mãos. A Gordinha acenou à orquestra, e entrou:

> Tomba o carro na ladeira
> (Coro) Ó tomador!
> Não deixa o carro cair
> Ó tomador!
> Sem eixo, nem parafuso
> Ó tomador!
> Tomba o carro na ladeira
> Ó tomador!
> Tomba aqui, tomba acolá
> Ó tomador!

É indescritível o ruído brilhante por que foram saudados os últimos cânticos e os derradeiros requebros da Gordinha. Na azeitona translúcida das pupilas da Rosáura faiscou um relâmpago de contrariedade, logo dissimulada, pois ela também fez coro nas ovações à Gordinha, que teve como coroamento à "sua maestria" uma garrafa de Champanha derramada nos seios. Fora "uma surpresa" do Franklin.

Terminara o festim. Chegara a hora de quem quisesse aproveitar-se do luar regressar à cidade.

Era agora o dispersar e os comentários.

O Alberto afirmava que a Paraense, que há três anos causara furor naquele santo lugar, como a melhor dançarina, estava muito aquém da Bébé. E rematava:

— Deixem eu dizer uma coisa a vocês: esse arreganho e essa confusão toda, que estão fazendo com a Gordinha, é palhaçada. É só porque ela veio do Amazonas. A Bébé, e mesmo a Rosáura, valem mais do que ela.

— Bravos, bravos, seu Alberto, você pensou comigo — exclama o Pedro Maneiro, que, com o Barroso, se chegara ao grupo. — A Bébé, a Bébé! Mas a coisa esteve mais do que boa, esteve supimpa! E amanhã novo batidinho. Há de haver aqui já pouca gente, radeia-se à vontade.

O doutor Antero, noutra roda, afirmava que se houvesse um prêmio, e ele fosse o presidente do júri, conferi-lo-ia à Gordinha.

— Ela deu a nota, deu a letra — concluiu o doutor.

A vida maranhense

Vestido de Judas

O Mundico Loureiro idealizara pendurar no canto da sua quitanda, à praia de Santo Antônio, um Judas, cujo ato de execução seria revestido de toda pompa e esplendor.

A ideia do Loureiro teve o apoio unânime dos frequentadores da roda, que todas as noites funcionava à porta da mesma quitanda.

Organizada a lista para custear a despesa, o Loureiro abriu-a com dez mil réis, escrevendo, logo à esquerda dos algarismos, o competente "pg". Durante três dias esteve a lista exposta no balcão da venda recebendo a cota voluntária da vasta freguesia. E quando, no domingo de Ramos, à uma hora da tarde, terminou o prazo fiado para o recebimento e a lista foi retirada, ao operar-se a soma, esta acusava um total de cento e oitenta e quatro mil e cem réis.

— Não será um Judas, será um *Judão* — previu ufanoso o Loureiro. — Tanto dinheiro assim — avaliava —, é impossível que este canto não pegue fogo!

Os frequentadores gostaram da tirada do quitandeiro e, num concerto unânime, assentaram que o Judas receberia o apelido de "Judão".

E, sem perda de tempo, nessa mesma tarde foi encomendado um Judas supimpa, como sem igual não se houvesse até então fabricado no Maranhão. O pirotécnico, para satisfazer caprichosamente a encomenda, aumentou o pessoal da foguetaria e trabalhou em contínuos serões.

Quinta-feira Maior e Sexta-feira Santa, apesar dos obrigatórios jejuns e das penitências, os moradores do bairro não falavam noutra coisa senão no Judas de seu Loureiro.

A banda de música dos Educandos[52] fora contratada para tocar no ato, marcado para as sete horas da noite.

Alugaram-se na casa do Romeu bancos para os espectadores e bandeiras para a ornamentação. Enfim, os preparativos faziam prever a suntuosidade da festa.

✳

Manhã majestosamente bela.

O canto da quitanda do Loureiro estava enfeitado com galhardia.

Ariris crepitando ao vento; arcos de murta brasileira e cana indiana e, em forma de X, um embandeiramento de efeito brilhante. Dum carretel atado no vértice do embandeiramento partia a corda que dependurava o condenado, o qual trajava sobrecasaca e cartola.

Grupos de curiosos se formavam junto à parede da esquina, onde estava afixado um papel, na leitura do qual todos se empenhavam, rindo-se a bandeiras despregadas.

Era o testamento do Judas.

Escrito numa caligrafia esmerada, a que um ou outro lapso ortográfico não ofuscava, havia saído da pena do Sabino, um rapaz que fazia escritas de alguns comerciantes a retalho, entre eles o Loureiro.

Resumido, só para contemplar "os mais cavaquistas e amigos", o testamento fora preparado na véspera por entre vivaz troça dos frequentadores, cada qual lembrando uma verba testamentária e o nome do respectivo contemplado.

O testamento assim rezava:

"Eu Judas Judão, condenado a padecer morte natural, hoje, às sete horas da noite, ao estrugir dos foguetes e aos maviosos acordes da banda de música dos Educandos Artífices, declaro que: Em meu juízo perfeito faço o presente testamento, nomeando para seus executores, em 1º lugar, o sr. Pedro das Almas, em 2º, a sra. Marinha Peixeira e, em 3º e último, o sr. Odorico Dengoso.

"Declaro mais que não deixo parentes nem aderentes e que os meus bens constam apenas da minha roupa do corpo, que é traje diário e domingueiro ao mesmo tempo.

"Declaro ainda que, se faço este 'testamento', é para evitar dúvidas na partilha das minhas vestes, que são muito cobiçadas.

"Assim disponho dos ditos bens:

"Deixo ao meu bom amigo e compadre Joaquim Coxo a minha sobrecasaca; ao popular mestre Bibiano Pescador, deixo as minhas calças e o meu colete; ao Chico Sabe-tudo, deixo a minha cartola; ao Firmino, filho do compadre Joaquim Coxo, deixo as minhas botas; deixo as minhas luvas à nhá Camila Doceira; ao Matias da Lenha, deixo a minha bengala; deixo, finalmente, o resto da minha roupa à bela rapaziada, sem esquecer o Silvério Preguiça, o Arthur e o Rogério, da Fortunata, do Beco do Rancho."

Foi lido pelo "tabalião" Martins Nóbrega, o que fez. E julgado conforme, foi assinado por mim e pelos pândegos Paulo Macaco e João Marinho, como testemunhas. "Assinados: Judas Judão, Paulo Macaco, João Marinho e Martins Nóbrega."

✳

Cinco horas da tarde.

Formada a roda, os *habitués*, em animada palestra, ficaram perplexos depois que o Loureiro, chegando-se a eles, falou pálido e nervoso:

— Ah! Meus amigos, quase me boto a perder, hoje.

— Quê?! — inqueriram surpresos.

— Pois o patife do Bibiano Pescador não me entrou pela quitanda adentro, às duas horas da tarde, furioso como uma cascavel?!

— Estava monado, certamente — pensaram. — Que queria ele, Loureiro?

— Que queria, não: ainda quer. *Disque* me marcou um prazo para capitular, o lorpa.

— E esta! Conte-nos isso, Loureiro — pediram febricitantes.

E o quitandeiro os satisfez.

O Bibiano Pescador, acompanhado dum magote de pescadores encachaçados, penetrara na venda saltando o balcão berrando furibundo: "*Arretire*, seu Loureiro, *arretire* o meu nome daquela *bandaeira* que vocês grudaram ali na esquina! *Arretire*! Ou eu com a minha gente *fazemos* em postas você, mais seus caixeiros e toda essa *canáia* de calungas, que se sentam aqui, de noite, a mó de cortar na pele alheia. Seu Loureiro, graças a Deus eu *trabaio* e não estou nas condições de herdar calças e coletes de Judas. Herde você que é quitandeiro quebrado, que quebrou quando estava no Desterro e agora vem pra cá com cara de santo de pau co'as *orêias* de bacalhau".

— E você ouviu tudo isso de sangue frio, Loureiro? — indagaram encolerizados.

— Eu ia reagir — respondeu —, quando veio entrando o alferes Marcos, que hoje está de guarda na Cadeia. O oficial, observando o sarilho, apitou. O Bibiano fugiu com o troço dele, mas já me mandou dizer, não sei donde, que, à noitinha, aqui estará para raspar o testamento e atirar-mo à cara.

— Que venham Bibiano e sua camarilha — falou resoluto o Abel, um dos *habitués*. — Não precisa soldados. Nós os submeteremos a socos. Aqui neste bairro da praia de Santo Antônio é preciso a gente se impor a essa cambada. E, para isso — concluiu —, eu não conheço outro elemento mais poderoso do que o "soco mane".
— Que venham! — desafiaram todos.

※

Começava já a escurecer.
Os espectadores iam-se aglomerando, não havendo mais assentos.
A molecagem, formando massa compacta, vinha chegando aos magotes, cantarolando exasperadamente:

Aleluia! Aleluia!
Peixe no prato, farinha na cuia!

E formando na frente da quitanda com enormes cacetes, fazendo-os estardalhar no chão, gritavam:

Este Judas tem dinheiro,
É de seu Loureiro!

Do centro da roda atiravam dinheiro, em moedas de dez e vinte réis. E então era uma alanhação infrene. Murros e mais murros retiniam às costas e, esfuziando-se uns por baixo dos outros, terminavam a luta; e, variando a cantata, voltavam a fremir:

Ora, bote dinheiro,
Que dinheiro não chegou!
Ora, bote dinheiro!

De quando em vez novos magotes de moleques maltrapilhos e suarentos, fugidos de casa desde o amanhecer, surgiam de todos os cantos, aprestando-se a malhar os costados do Judas Judão e esguelavam retinidamente:

> Ora bastiscaiou
> Tio Romão já casou!
> Bota Judas no chão
> Pra apanhar pescoção!
> Olha Judas no pau:
> Zeferino bacalhau!
> Aleluia! Aleluia!
> Peixe no prato, farinha na cuia!

✷

À proporção que a noite se ia aproximando, enfarruscava-se o tempo. Fazia-se mister, portanto, abreviar as horas do Judas Judão.

Mas faltava ainda a música que, àquelas horas, já devia lá estar. Para ir da praia de Santo Antônio aos Educandos era uma lasca! Não faltou, todavia, quem se oferecesse para ir em busca da banda de música. De instante a instante, um relâmpago e um trovão, ribombando ao longe, preveniam que a chuva cairia não daí a muito tempo. E toda aquela multidão estava arfando de ânsia.

Nesse ínterim, eis que volta o rapaz que havia ido aos Educandos. Fora uma desilusão. O diretor do instituto dissera formalmente que a banda não sairia de lá e que quando quisessem poderiam ir receber a importância por que a tinham contratado. Não se limitara a isso o coronel diretor, fizera ainda uma fala: não havia forças humanas que o obrigassem a sacrificar os meninos, arriscando-os a tomar nas costas aquele aguaceiro, cuja queda estava iminente. E depois quem pagaria os instrumentos, que forçosamente se haviam de estragar? E as despesas com o tratamento dos meninos? E se algum deles apanhasse aí uma tísica? O seu dever era zelar pela saúde dos pequenos educandos, que ele estimava como se fossem seus filhos, e pela conservação do instrumental dos mesmos. Não, não iria a música! Que fossem ao Quinto! — aconselhara.

A resposta desanimara o Loureiro. E o Carlos "Suissa" ergueu-se da roda e propôs resolutamente:

— Vocês querem, eu vou ao Quinto, que era o que se devia ter feito a princípio? — E exprobando: — Contratar os Educandos, uns fidalgos, uns maricas, uns malucos! Passem os cobres, que eu vou ao Quinto e teremos música!...

Um relâmpago iluminou todo o espaço e o consequente trovão reboou medonho, ao mesmo tempo que a chuva vinha gotejando trombonescamente.

Apenas tiveram tempo de arriar o Judão e dar-lhe hospedagem no corredor da quitanda. Um chuveiro tremendo caiu dispersando toda a multidão.

Bramidos atroadores da molecagem e do mulherio eram sobrepujados pelo violento fragor das águas, que se despenhando em catadupas espadanavam sobre as portas da quitanda, cerradas para evitar a invasão da enxurrada.

A esse tempo, os *habitués* e o Lourenço, do lado de dentro do balcão, em concílio, resolveram unanimemente "desarmar" o Judão dos fogos, e entrar em acordo com o fogueteiro para os receber sob condições.

✳

O Bibiano Pescador, ainda num ganço tremendo, surgiu na quitanda. Vinha só, molhado a pingar, como se fosse um pinto.

— Pagas o desaforo, agora, seu patife! — gritou-lhe resoluto o quitandeiro, agora muito valente.

E foi num momento enquanto, por entre o gargalhar infrene, todos agarraram o pobre pescador, emborrachado, sentenciando-lhe.

— Vais já herdar a roupa do Judão, seu grandessíssimo apistolado!

E à proporção que ia sendo o Judas "desarmado", as suas vestes eram trepadas no rechonchudo corpo do Bibiano, que, submisso, mais morto do que vivo, se entregava brandamente à judiaria do Loureiro e dos amigos.

Ao cessar a chuva de cair, cerca de nove horas da noite, as portas da quitanda se reabriram e a palestra na roda prosseguiu animadora.

E os transeuntes se surpreendiam ao deparar-se-lhes, deitado, ali à beira do passeio da esquina, dormindo, roncando fortemente, o Bibiano Pescador, comicamente vestido de Judas...

A Revista do Norte
22 de abril de 1905

O socialista

A Fran Paxeco

O Narciso, depois que saíra da Casa dos Educandos, flautista exímio e perfeito oficial de carpina, viajara pelo sul do país em companhia do seu padrinho comendador Manuel Bento, abastado capitalista português, demorando-se alguns anos em São Paulo. Seguindo o comendador para a Europa, onde veio a falecer, o Narciso tornou ao Maranhão, vindo residir numa casinha, que herdara do padrinho, lá pras bandas do Hospital Militar.

Com a instrução que recebera no estabelecimento sustentado pela então província, e o seu convívio com artistas e operários na formosa Pauliceia, o Narciso constituíra-se um devotado batalhador das ideias socialistas. Como sacerdote convicto de uma ideia, nova na sua terra, mas já recalcadamente pregada no velho mundo, punha-se ao serviço da propaganda dessa ideia, fazendo ressaltar altamente a excelência da causa a que consagrava todas as suas energias e toda a sua atividade.

Na sua mesa de cedro polido atulhavam-se livros e jornais, salientando-se dentre estes, desordenadamente, números do *Avante!*, *Tribuna Operária*, *Aurora Social* e outros órgãos socialistas, cuja matéria escrita ele desmanivava avidamente, logo que os recebia, para a transmitir aos companheiros, que ele ia plácida e mansamente catequizando. Naquela tarde, regressando da Praia Grande, onde empreitara a reconstrução duns armazéns, que haviam sido devorados por grande incêndio, e tendo arraigadas no espírito doutrinas que ele tinha a maior necessidade de expandir, jantou e encaminhou-se pelo Apicum afora. A fábrica Santa Isabel, a Fabril, apresentava-se-lhe na imaginação como um dos baluartes de onde deveriam partir os combatentes no dia da conquista social, do derrocamento da burguesia.

E o que mais lhe efervescia os sentimentos de comiseração pelos oprimidos, o que o arrebatara a trabalhar com afã na defesa dos conspurcados, das vítimas da sanha do burguês, fora um artigo que uma folha editara, no dia primeiro de maio, data da Festa do Trabalho, artigo que, a seu ver, era em desabono do socialismo no Brasil.[53] Era necessário dar começo sem tréguas ao movimento, mostrando que "havia gente" para derruir essa "falsa pinoia chamada mecanismo governamental". E para isso ele via na Fabril um dos principais quartéis por onde se deveria principiar a arregimentação das forças.

Lembrara-se de que o Paixão, seu amigo, era lá um "grande homem". Dispunha de muita influência sobre aquelas centenas de operários, e quem sabe se, engodando-o com a promessa duma cadeira no Congresso Nacional, como representante do Partido Socialista, o rapaz não lhe viria a ser um grande e fervoroso auxiliar? A vaidade, dizia, era tudo neste mundo; e o Paixão, antevendo-se deputado, certamente seria um trabalhador incansável, dedicado.

Foi antegozando a troca das suas reflexões com o Paixão e a aquiescência deste, que o Narciso se aproximou da fábrica, precisamente à hora em que nesta terminara o trabalho. Cessara o vertiginoso redemoinhar de cilindros e roldanas, o estalidante ruído dos teares e urdideiras, o barulhento roncar dos batedores e cardas, e aquele ambiente era todo o enfarado cheiro de azeite.

A turbamulta saía, alegre e risonha; moçoilas dirigindo-se sorridentes umas às outras, rapazes enamorados aproximando-se delas, galanteando-as. Nos semblantes desses operários, que trajavam sem modéstia e com luxo, nenhum sentimento de miséria transluzia; ao contrário, parecia que a fortuna lhes sorria pela mais benéfica forma. Somente o Narciso era quem via naqueles prazenteiros rostos o reflexo da miséria; celebrando já o triunfo da sua ideia, ria, deixando transparecer nesse riso a alegria pelo prenúncio da sua conquista, do seu glorioso alcance. Da porta da quitanda do Campos assistiu, excelsamente transportado de júbilo, ao desfilar dos operários, da "sua gente", os futuros dominadores da sua terra. E depois dirigiu-se para a Pedra da Memória, no Campo de Ourique, ao encontro do Paixão, que lhe prometera ali se achar às suas ordens, dali a um quarto de hora, para a conferência solicitada. A demora era só enquanto ele fazia bem ao estômago.

Vencido o prazo, achavam-se confortavelmente instalados nos degraus da escadaria do arcaico e desgracioso monumento os dois conferencistas e mais o Joaquim Mariano, professor aposentado, que, no caminho, encontrando-se com o Paixão, por este foi conduzido para a entrevista. Era um homem com o qual a "gente se poderia abrir", disse o Paixão, apresentando-o ao Narciso, e acrescentando que "era um cofre" a que se poderia confiar qualquer segredo. O Narciso, sorrindo, considerou ser desnecessária a apresentação. Conhecia o professor desde uma festa em Alcântara em que trocaram as suas ideias. Não era o professor ainda um socialista "convencido", mas era "simpático" à nobre causa.

Anoitecera já. E foi sob um límpido e enluarado céu que o socialista começou a tratar do assunto que o levara a pedir a conferência.

— Então vocês não leram, irmãos, um artigo que foi publicado, no dia primeiro de maio, em oposição ao socialismo no Brasil?

O Joaquim Mariano lera-o e o Paixão soubera da publicação por outras bocas e não *de visu*.

— Pois foi para isso que resolvi conversar consigo, Paixão. Você reúne todas as aptidões necessárias para ser um poderosíssimo chefe de partido, e dispondo, como dispõe, da estima de todo aquele povo lá da Fabril, será um deputado eleito por uma maioria estupendíssima.

Bastaram os dois superlativos para o Paixão ser um homem catequizado. Não se julgava nas condições de ser o que o Narciso dizia, mas, sem lograr dissipar a alegria que lhe ia na alma e que perfeitamente se lia no seu rosto, jurou que estava pronto a ouvi-lo e cumprir as suas ordens. E o Narciso, vendo confirmada a sua predição de que a vaidade era tudo neste mundo, entrou diretamente a tratar do tal artigo. Aquilo era um desaforo!, dizia.

O seu autor quisera aproveitar-se exatamente do dia em que o proletariado estava em festa para vir asseverar que a doutrina de Marx ainda não predominava na Europa, a não ser nuns dois ou três Estados. Quem elegera os deputados socialistas Millerand, Iglesias, Jaurés e outros, a não ser o Partido Operário Internacional, esse colosso, que, apavorando o rei Umberto, o obrigou a proclamar o socialismo como superior às monarquias e repúblicas, partido em cujo programa o amor é a causa primordial da vida? O picardista escrevinhador deixou-se embalar pelo escritor J. Bourdeau, que aponta o socialismo na Inglaterra como "questão de barriga", não refletindo que só com risadas devem ser tomadas as palavras dum escritor antissocialista, que tantas infâmias ousou escrever contra a doutrina de Marx. E fizera mais ainda o apistolado articulista: falou em "La Mano Negra", que o espanhol, com os seus serviçais burgueses e aristocratas, amedrontado, inventou para, na mais infame e incruenta cruzada, perseguir os trabalhadores. E ignorando o rabiscador que o general Julio Roca quer agora perseguir os nossos irmãos, com a lei que sancionou, o que lhe custará caríssimo, ignora também que no Congresso Brasileiro se vota uma lei congênere, lei "secreta e infame", que visa expulsar os estrangeiros à guisa de revoltosos. Falando de Tolstói e das "terras", não se lembrou de que estas são dos burgueses, que, com uma espingarda, apontarão à cabeça de qualquer socialista ou de qualquer simples proletário que ouse cultivá-las para si. Imbecil, ignorante, o tal rascunhador, que não sabe que só uma reforma social poderá pôr termo à fome, ao servilismo, à miséria, à prostituição, aos roubos, às lágrimas, enfim. E essa reforma é o socialismo, grandemente necessário ao Brasil, onde uns morrem de indigestão e outros de fome... Pela "aparente democracia" desta República e pela raça de onde provém, o articulista,[54] que ele bem conhecia, deveria ser socialista. Meter-se a escrevinhar *aquilo*, desconhecendo a miséria e a fome por que passam muitíssimas pessoas proletárias no Maranhão!

— Alto lá! — exclamou o professor. — Fome no Maranhão?

— Sim, senhor. Admira-se?

— Ora, seu Narciso! — retorquiu. — Ouça-me um pouco, por quem é. A pessoa nesta terra, santa e boa, por mais pobre que seja, não passa fome. Os cegos e aleijados chegam a ajuntar dinheiro. Isto para só falar dos inválidos. Os outros, se não encontrarem trabalho, o que é raríssimo, munem-se dum cofo e vão apanhando mansamente os ossos que encontram pelas ruas, para lá transportados pelos cães. Com o cofo cheio, na primeira refinação que se lhe deparar, vendem o conteúdo, e ei-los com dinheiro no bolso para comer três ou quatro dias. Numa terra em que se dá disto, há fome? Há miséria?

— Bom, concordo — retrucou o Narciso. — Mas é que muita coisa existe só na aparência. Precisamos de ser livres. O socialismo virá como vieram a Independência, a Abolição e mesmo a República!

— Vocês gritam mais do que trabalham. Procurem um homem reflexivo e que seja formado, para os dirigir, para não estarem fazendo as coisas atabalhoadamente, é o conselho que lhes dou, senhores socialistas!

— Nada, nada de *doutores* conosco! — objetou.

O Narciso não queria saber de gente formada, que, na sua opinião, concorrera para arruinar o país. E ainda não fazia muito tempo que ele, expondo as suas ideias ao doutor Miguel, que se tornara seu amigo, desde que serviu como inventariante dos bens do comendador Manuel Bento, e pedindo a sua opinião, o bacharel, abanando a cabeça, sorriu e pespegou-lhe cara a cara estas palavras:

— Mas que querem vocês, afinal? Reformas, regeneração, conquistas e outros vocábulos bonitos, é só o que se vê nas bocas de vocês, o que por fim de contas nada mais é do que futilidade. Que querem? Eliminar por completo a iniciativa individual e, por chamadas leis protetoras, limitar a capacidade do trabalho dos indivíduos condenando assim um homem são, forte e vigoroso ao descanso, quando para aumentar os seus recursos lhe seria necessário o uso das suas forças e faculdades; proibir as mulheres do trabalho, para mantê-las, sob hipócritas pretextos de saúde e de moralidade, na servidão; suprimir o trabalho mecânico para dar ganho de causa ao operário, que, no entanto, não pode prescindir das máquinas. Qual, meus amigos, estas e outras tolices mais, essa retórica dos Marx, dos Engels, boas para os ingênuos e para os ignorantes, são contraditórias com o método de indução, graças ao qual as ciências físico-naturais fizeram as suas descobertas. O charlatão, numa linguagem obscura e enfática, também promete uma panaceia universal. Promete, e como prometer não é fazer...

O doutor Miguel não dissera isso de coração, assim pensava o Narciso. Burguês por origem, relacionado como era com os burgueses, seus clientes, não iria ser-lhes desagradável, embora aparentasse um sentimento democrático. Deixassem-no lá com as suas opiniões. No dia do triunfo da nobre causa ele seria magnanimamente tratado como um vencido, manso e humilde.

— Homem, eu creio que estou inteiramente de acordo com o doutor Miguel — disse sorrindo o Joaquim Mariano.
— Renda-se, seu professor, olhe que mais vale ser propagandista do que adesista.

E, enquanto o Joaquim Mariano, mordicando os beiços, sacudia a cabeça negativamente, o socialista procurava esforçar-se por fazer dominar as suas ideias no espírito do professor. Repetia a sentença de Magalhães Lima: "O socialismo foi uma aspiração no século 19 e será uma realização no século 20", e acrescentava que para ver triunfante o lema da bandeira daquele eminente publicista era mister que os operários, as "bestas de carga", mas que, no entanto, eram os resolutos e os fortes, conclamassem tonitruantemente os companheiros a soltar o grito de desopressão, que deverá ecoar pelo Brasil afora; precisava-se, urgia atirar ao chão essa República que por aí vai, que nada mais é do que a opressão, a tirania, o despotismo. Para fazer desaparecer essa oligarquia atrabiliária, que ora representa a política pessoal, os latrocínios, e dilapidações, toda a espécie de bandalheira, enfim, que existir possa, só uma coisa havia — a República Social. E austeramente cheio duma convicção real e sincera, encarou os dois ouvintes, e, como se estivesse a perorar diante duma multidão, numa voz lancinante e grave, fez retumbar pelo vasto Campo afora esta sentença:

— O socialismo, meus irmãos, embora depois duma campanha encarnecida e mortífera, derruirá a burguesia, e fará alçar o pavilhão da República Social, que saudará a epopeia da regeneração e do bem, assim tenhamos nós por farol brilhante a compreensão dos nossos direitos!

O professor, vencido, ou por não querer contradizer o socialista, ouvia-o agora paciente e religiosamente. Sentado ao lado do Paixão, o Narciso, de pé, diante deles, pregava numa violenta explosão de patriotismo e de abnegação as suas ideias, revelava os seus planos, que até então constituíam o mais absoluto segredo.

Preludiava a vitória dos seus sonhos, animada da mais ardente esperança. O Campo de Ourique era um dos pontos onde a estratégia se desenvolvia mais eficazmente. Arrancados os trilhos dos bondes e escavado o solo, cortar-se-iam os encanamentos da água e do gás; derruir-se-iam os postes dos fios telegráficos e telefônicos, e praticando essas operações, só naquele largo, o burguês estaria rendidíssimo. Sem água, sem luz, sem transporte, sem poder comunicar o pensamento pelos fios, nem mesmo para dentro da cidade, estava tolhido em todas as suas ações. Numa "noite de escuro", a horas mortas, simultaneamente, tomando de surpresa as repartições públicas, os armazéns da Praia Grande, era difícil a resistência.

— E as tropas? — pergunta espantado o Paixão.

O Narciso, sempre sorridente, tranquilizou-o prontamente. As tropas, no dia em que os operários se insurgirem nem nisso pensarão. A Municipal, os manichupas, dispersados pelas formosas e belamente ajardinadas praças a guardá-las avidamente; o Piquete de Cavalaria, de São João, só patrulhava no centro da cidade, e logo no começo da noite, os soldados dos batalhões federais, dizimados, guardariam a mais absoluta neutralidade, se não quisessem ver assaltados o quartel, o hospital militar e o armazém da pólvora. Restavam os soldados do corpo de polícia. Mas ainda ali a coisa não era de pôr os cabelos em pé, pois os oficiais, na sua maioria, eram bem patriotas para, mostrando às praças a sua emancipação, trazê-las a fraternizar com o povo.

No momento dado, dos sediciosos bairros do Desterro, da praia do Caju, da Currupira e do Santiago é que deveriam partir os exércitos libertadores. Os operários da Fundição e do Cais, munidos das suas picaretas e tenazes, de martelos, malhos e marretas; de todas as fábricas, desde a do Cânhamo até a do Anil, desde a Camboa até a Industrial, teriam nas cardas e teares materiais para construírem armas de encher um arsenal; os caldeireiros de ferro, levando pesadas latas de rebites, levariam rivais de Comblain; os pescadores e catraieiros, com remos e vogas; os funileiros, com estilhaços de vidro e de folha de flandres; os ferreiros do Zé Thomás, marceneiros, carpinteiros, pedreiros, com ferramenta idêntica à de que se servia são Elesbão; os calafates do Desterro, os caldeireiros do Fortunato e até os cozinheiros do Champoudry e da Joanna Passos, com as panelas, os caldeirões e as caçarolas, todos viriam trazer a sua ferramenta, que, como instrumento contundente que era, seria vantajosamente utilizada como arma destruidora. E os canteiros, com as picaretas e os cinzéis aliar-se-iam aos calceteiros do astuto e sagaz Paulino, que fariam funcionar no terrível deflagrar da luta os esmagadores e possantes maços de bater as pedras das ruas. Os marinheiros da guardamoria, de parceria com os trabalhadores da capatazia, arrastando o canhão que lá tem, e com as suas armas, viriam secundar os demolidores da tirania. E outras coisas mais viriam em auxílio. A ocasião fazia o ladrão.

E, num ataque por todos os recantos da cidade, convergindo para um só ponto — a Praia Grande —, era num fechar de olhos, enquanto, galgando os armazéns do Albano, do Cunha Santos e do Braga, estariam todos munidos de espingardas, revólveres, facões, todos os instrumentos mortíferos, além dos barris de alcatrão e de óleo e das latas de querosene, combustível mais do que suficiente para fazer arder todo aquele bairro em que o burguês comerciante dilapidava e depenava o povo — o consumidor.

Fazia-se tarde. Despediram-se, ficando estabelecido entre os três (o professor tornara-se socialista) um pacto para se esforçarem a fim de, o mais breve possível, dar-se princípio à batalha, implacável e sem tréguas. O Paixão seguiu para a casa a exultar de alegria, antevendo-se já deputado pelo partido socialista e comandante do "Exército da Fabril", e o Joaquim Mariano, antes de se recolher, foi ainda jogar uma partida em casa do Celestino Moura.

O Narciso, na alucinada e estonteadora febre do seu sonho de redenção e justiça, era o extermínio a todo transe e a derrocada infrene, o que lhe ia no pensamento. A República Social era todo o seu empenho louco e pertinaz. E quando, ao chegar à casa, atordoado, torvo, se deitou, depressa dormiu. E agora sonhava. Sonhava que uma serpente, que, segundo a lenda, se contava existir debaixo da escada da Igreja do Carmo e que, um belo dia, agitando a sua cauda, tão enorme que ia ter ao Ribeirão, arrasaria a cidade, que tal serpente existia realmente, não lá, mas transformada num ajuntamento colossal, bélico, e que, no mais empolgante dos espetáculos, fervilhava na nobre e estuante tarefa de pôr em prática, retumbante, triunfantemente, o plano que ele tão refletidamente concebera; sonhava com o grosso Exército Libertador cantando hosanas à vitória do socialismo, via-se à frente dos neodominadores, no dia seguindo ao da hecatombe, a construir sobre as ruínas e os escombros fumegantes da derrocada o marmóreo, gigantesco, esplendoroso e eternamente inabalável monumento da República Social...

Pacotilha
8 de março de 1904

Vicência

A Totó Branco

Já as primeiras sombras da noite avançavam sobre as claridades do dia que terminava; era uma tarde invernosa — úmida e triste. Findara o trabalho.

Duma grande porta, cujo gradil era agora aberto de par a par, saíam grupos de moças com os cabelos cheios de felpas do algodão, que acabavam de fiar e tecer.

Encaminhavam-se ao lar doméstico, depois de haver pago o tributo do dia. Abandonavam hoje o trabalho, para empreendê-lo amanhã novamente, sempre alimentando a mesma esperança de melhores dias, sempre com a ilusão dum futuro risonho...

Os grupos dispersavam-se, tomando as operárias direções diversas, quando uma jovem, um pouco pálida, melancólica, meiga e de simpatia insinuante, que aguardara o tempo necessário a saída das suas companheiras, abandonou os teares. O seu semblante não refletia, como nos delas, as alegrias do espírito. Acreditar-se-ia que ela levava na alma as tristezas do infortúnio e no coração as amarguras do sofrimento.

Era Vicência, uma operária que trabalhava em quatro teares.

Quando todas as tardes saía do trabalho, Martinho, o seu enamorado, esperava-a na parte externa do edifício da fábrica.

Vicência era honrada, mas estava condenada a cair. E caiu, seduzida pelas palavras do Martinho, a quem amava com os delírios duma paixão violenta, preferindo-o ao Carlinhos, seu namorado e companheiro de infância.

— Somente o que sinto — disse ela uma vez ao Martinho — é que não nos possamos casar, por causa da tua família, que, *disque*, é nobre.

— Isso, porém, não será obstáculo para que não me queiras — retorquiu-lhe o Martinho, sem perceber o "disque" com que ela precedera o qualificativo.

— Nunca! Amanhã me abandonarás e já nenhum laço me prenderá àquele a quem eu tanto bem quis.

— Que queres dizer com isso?

— Nada. Não sei...

Duravam já três anos as relações de Vicência com o Martinho. Era o período dos amores apaixonados, dos entusiasmos que precedem a borrasca da alma.

Vicência era muito querida dos seus pais, boa gente, trabalhadora e honrada. Ela também os estimava muito, com o carinho de filha dócil e cheia de mimos. Apesar disso, na idade de dezessete anos, havia-lhes causado um não pequeno desgosto. Dizia a quantas pessoas a queriam escutar que eles a maltratavam, surrando-a atrozmente, o que não era exato. Os delírios da sua imaginação já enferma é que lhe davam motivo a caluniar os seus progenitores.

Com o aparecimento desta crise, ao alvorecer dum belo dia, não encontraram a Vicência. Não obstante estranharem a saída dela para a fábrica sem receber a benção paterna, não se puseram em cuidados, senão à noitinha, quando não a viram aparecer. A polícia foi inteirada e os jornais narravam o sucesso.

Três dias depois Vicência voltava a casa, desculpando-se com a sua amiga Joana, que a levara a passar aqueles dias com ela num sítio ao Outeiro da Cruz. E os pais de Vicência acreditaram-na.

Foi o começo das suas relações íntimas com o Martinho. Tinha o desejo da exibição, e sentia-se orgulhosa de que as suas companheiras de trabalho não tivessem por namorado um "fidalgo", como o Martinho, que trazia o apelido de uma família ilustre, embora no seu íntimo ela duvidasse da hierarquia do mancebo.

Nessa tarde o Martinho esperava-a, havia já muito tempo, para conduzi-la ao lugar já acostumado. Vicência, vendo-o, apressou o passo, como que querendo fugir dele.

— Vicência, aonde vais? — perguntou-lhe o Martinho; e, como ela não respondesse, seguiu-a até que, ao alcançá-la, deteve-a pela mão.

— Por que foges de mim?

— Deixe-me, senhor, por favor!

— Por que me tratas de senhor? Que significa isso?

— Não sei. Deixe-me!

— Mas que tens! Estás doente ou zangada?

— Sim, estou doente e zangada. Sinto uma dor, umas pontadas no coração... Além disso... está já tarde, vem muita chuva...

— E por que estás zangada?

— Não estou. É uma agonia e nada mais, o que me aflige...

— Vamos, explica-mo já. Querem ver que já deste volta à cabeça e não queres mais saber de mim?

— Sim, é verdade! — exclamou Vicência, ardendo em ira. — Não o quero mais, não quero vê-lo mais, aborreço-o!

— E por que me aborreces?!

— Não sei. Tenho agora necessidade de odiá-lo, como dantes tinha de querê-lo.

Começava a chover, o que facilitou a Vicência o meio de se desvencilhar do Martinho, que ficou pensativo, raciocinando sobre aquele fato tão incompreensível.

Fazia já noite, e a chuva, a princípio finíssima, quase imperceptível, aumentava agora, estendendo com a sua monotonia as tristezas da noite. E o Martinho, chapinhando na lama, recolhia-se à casa.

Vicência, cujas sombras da alcova eram iluminadas pelos relâmpagos, não podia conciliar o sono. Procurava refletir sobre o que havia dito ao Martinho, mas não conseguia coordenar as ideias. Só sentia desejos de matar e estrangular o "fidalgo". Dominava-a uma grande inquietação. Movia-se dum para outro lado da cama, sendo a excitação cada vez maior. A inquietação crescia a todos os momentos, revestindo caracteres desesperadores. Revolvia-se no leito, agitando-se como que em espantosas convulsões. Todo o seu corpo tremia, estorcia-se, estirava os braços e as pernas, trincava os dentes, contraía os músculos e ficava rígida como um cadáver.

Depois de passar nesse estado cerca duma hora, começou a gritar estridentemente. Acudiram os pais e vizinhos. Mestre Amâncio, o infeliz pai da operária, saiu à procura dum médico, voltando sem haver logrado encontrar um que fosse. Que fazer numa tão horrenda noite? Remédios caseiros, remédios caseiros, concluiu o Mestre Amâncio, depois de desiludido de encontrar um facultativo. E tornou à casa.

Lá chegando encontrou a Vicência já calma, mas sem sentidos. Nhá Pulquéria, a extremosa mãe da enferma, chorava e desesperava-se, ao ver a sua filha no meio daquela dor, nos espasmos do sofrimento. A vizinhança havia já enchido as mesas da alcova da paciente de remédios de toda a espécie. Eram pires com azeite de carrapato e cebolinhas brancas, vidrinhos com éter em pequenas doses, algodão queimado, aguardente com fumo baependi, enfim toda a qualidade de mezinhas, que, diziam, haviam curado a Fulano, a Cicrano, atacados da mesma moléstia.

Tendo a Carlota do mestre Antônio observado ser agravante ao mal aquela aglomeração num tão pequeno recinto, concordaram todos em sair para a varanda, onde estariam à vontade.

— Logo que ela se mexa, ou tenha novidade, chame-nos — observou a Carlota à mãe de Vicência.

Reunidas na varanda acharam-se mais cômodo. A Carlota assumiu o posto de dona da casa, pois a sua comadre Pulquéria, dizia ela, não sabe nada de si com esse desastre.

A Benedita Bem-Bom, dizendo-se muito triste, por estar sem o seu marido (o cachimbo), teve o prazer de ser obsequiada logo pela Carlota, que lhe observou muito cuidado, pois o "taquari estava com vontade de rachar". A Clara Peixeira propôs que corresse o café, visto que o frio estava batendo. Todas aprovaram, menos a Carlota, que, muito escrupulosa, temia que a comadre visse nisso um presságio mau, pois pareceria um quarto de defunto. Concluía essa observação, quando o Amâncio chegou à varanda, pedindo que passassem uma xícara de café para o Gregório, um seu amigo entendido em negócios de homeopatia, que chegara, havia pouco, para examinar a doente.

Todos perguntaram, uníssonos, como ia a Vicência lá pelo quarto, se já tinha voltado a si, ao que o Amâncio respondeu que tinha agora todas as esperanças e concluiu:

— Verão que resultado, que espanto!

E voltou ao quarto na desnorteada antevisão do triunfo do religioso Gregório.

Então a Carlota cuidou do café, enquanto as outras travaram conversação. A Maria do Joaquim Português opinava que era melhor casar a Vicência, pois na sua opinião aquilo era histérico, e ela não conhecia para isso outro remédio...

— Casar com quem?! — pergunta a Luiza do Macário. — Isso agora não é tão fácil como julgam. Quem a mandou abandonar o Carlinhos, que lhe tinha amizade, por causa desse branco, que nem aqui aparece agora, que é preciso?

A Clara Peixeira dizia não ver vantagem no casamento. E, ao demais, quem se casaria agora com a Vicência, que já estava desmoralizadíssima?

— Bem-bom! — exclamou a Benedita. — Seu Carlinhos está lambendo-se para o chamarem de novo. Eles que o chamem.

— Quem? Seu Carlinhos? — pergunta a Carlota. — Então vocês não sabem da desfeita que ele sofreu? O que me admira é como a comadre tem mudado nestes tempos, a ponto de estar pensando que o branco ia casar. O que ele queria era tomar gosto.

— E como tomou — acrescentou a Luzia do Macário. — E agora o Carlos diz que é "carpina e não pedreiro".

— Então já, vizinha? — perguntou admirada a Ana Eleutéria. Ela bem que não deixava de ter a sua desconfiançazinha. Com a sua perna coxa, o que a impedia de andar depressa, vira (quantas vezes!), quando buzinava de manhã cedo, e que ela tinha de ir à praia receber o quinhão do seu compadre Odorico, o Martinho que, de par com a Vicência, se embrenhava pelo lado da Camboa, isto tão cedo ainda que "nem na fundição havia dado o primeiro apito".

— E quais eram os culpados?! — perguntava a Carlota meio sufocada pelo fumo do café, que "cheirava até na rua", conforme observou a Bem-Bom. — A mãe dela — respondeu a minha comadre que não tem olhos. — Então não via logo em que havia de dar esse negócio da Vicência sair para a fábrica, quando ainda estava tudo escuro e só voltar à tarde, quando já estava de novo escuro?

— Vocês querem saber a minha opinião? — perguntou a Clara Peixeira. — O melhor médico que aqui poderia vir era nhá Conceição. Dos cuidados dela é que a Vicência já está precisando. Convém ir endireitando a coisa desde já...

Haviam já todos sorvido o almejado café e, como começassem a sonolear, iam-se retirando, dizendo estimarem não haver novidade de maior.

Qualquer coisa que houvesse, não fizessem acanhamento, era só chamar. Viriam, debaixo de chuva, embora.

E fora a chuva caía lentamente e os relâmpagos iluminavam

as sombras da alcova em que, esticada, sem sentidos, os cabelos em desalinho, estava a pálida figura da infeliz Vicência, que tinha agora os lábios queimados pelo éter e por outros antídotos que lhe haviam sido aplicados para restituir-lhe os sentidos.

Passaram-se três anos depois da noite em que Vicência fora atacada pelo histerismo, que a prostrou sem sentido doze horas.

Não é mais a pobre operária de quatro teares. Reside num dos mais pitorescos subúrbios da capital com Cacilda, uma filhinha, de quase três anos de idade, fruto do seu feliz consórcio com o Carlinhos, que a desposou quatro meses depois da terrível noite, não por necessidade de casar-se, mas para mostrar ao Martinho que de homem não se faz pouco...

O Carlinhos está agora em excursão pelo interior do Estado. E a linda Cacilda é o mimo do subúrbio. Querem-lhe todos muito bem, especialmente o Martinho, que todos os sábados à tarde vai para passar o domingo naquele aprazível lugar.

Boletim dos Novos
28 de junho de 1902

Na avenida

Todas as tardes, era cessar o tonitruante e agudo ecoar dos silvos das fábricas, e, instantes depois, se achavam reunidos na Avenida Gomes de Castro diversos operários da Camboa e da Fabril ou Santa Isabel. Era o Lopes quem ordinariamente presidia as reuniões, dando-lhe tal direito o importante lugar que exercia na Fabril.

Naquela tarde, era um sábado, os *habitués* haviam recebido a féria semanal e, tendo saldado as suas contas com o quitandeiro e, alguns, sorvido o seu groguezinho, apresentavam crescente a verbosidade na costumaz palestra.

Estava na balha um fato ocasionado por aqueles dias na fábrica da Camboa. Cada um dos que constituíam o grupo dava a sua opinião, algumas conscienciosas, outras prenhes dos mais descomunais dislates, quando se aproximaram o Torcido e o Serafim, este foguista e aquele engomador na fábrica em que se dera o caso que originava os comentários. Foram logo saudados fraternalmente pelo Lopes:

— Então, como vai isso? Estava mesmo à espera de alguém lá da Camboa, para certificar-me duma verdade: passa como certo que as coisas por lá não andam bem?

Os dois encolheram os ombros, sem responder, e o rapaz pediu-lhes que se não vexassem em contar, com toda a minudência, um fato cujos tons gerais eram já notórios — a tentativa de suicídio, por enforcamento, duma operária da Camboa.

O Torcido respondeu logo que ignorava tudo. Trabalhava, como sabiam, no engomador e passavam-se semanas que ele não transpunha a seção dos teares.

— Sim, eu mesmo já engulo essa pílula de que você não sabe. A quem você quer contar? Ora, seu Torcido, trate sério!

— Mas que têm vocês com o que se passa na Camboa?! — perguntou, exasperado, o Serafim. — Nas outras fábricas dá-se quanta patifaria existir possa e ninguém lhes pede contas...

— É que a Camboa — acudiu o Serrão — é a mais velha e de lá deve partir o respeito.

Travou-se então uma grave disputa entre os dois rapazes da Camboa, o Lopes e o Serrão, este da Industrial e aquele da Fabril. O Lopes, como reforço às suas invectivas, alegava o grande respeito que imperava na sua fábrica, onde havia um regulamento que dir-se-ia militar, tão peremptórias e moralizadoras eram as suas disposições. Duvidava de que lhe apontassem um fato sequer que concorresse para manchar os altos foros de que gozava a fábrica Santa Isabel ou a Fabril, essa fábrica "colossal e piramidal", que dava trabalho a centenas de pessoas... Febricitante, e majestosamente envaidecido pelas grandezas do grande estabelecimento, narrava-as, esforçando-se por torná-las mais valiosas do que realmente eram. Qual a fábrica que, no Maranhão, além de preparar tecidos de variegadas formas, ainda abarrotava a cidade de gelo? Qual a fábrica que podia pôr no frontispício, em letras garrafais: ÚNICO DONO! Qual a fábrica que, no tempo da sede, já dera de beber ao povo desta boa terra?

— Protesto — gritou o Serrão. — De quem é a fonte do Apicum? Não será pública, porventura?

— Mas a bomba, pelo menos, era da fábrica — respondeu solenemente o Lopes —, e parece que ela não tinha por obrigação fazer o que fez!
— Lorotas e pipocas — disse sorrindo o Serafim.
— Bom, deixemo-nos de histórias que nada adiantam — propôs o Lopes — e vamos ao que interessa. Houve ou não enforcamento na Camboa, seu Torcido? Nós estamos aqui em família, e, por isso, abra-se conosco...
— Mas que birra é esta?! Já disse que de nada sei!
— Havia de se falar por força, mesmo do que se não sabia! — disse picado o Serafim. — Na Anil houvera o grande escândalo que todos sabem, e ninguém tratou dele. Na Progresso, embora já lá se hajam ido muitos anos, nem era bom falar. A Cânhamo e as outras todas têm tido a sua "mancha", mas punha-se logo uma pedra em cima, abafava-se. Agora, com a Camboa, é que se queriam intrometer...
— Pois se de lá partem os mais sorumbáticos acontecimentos! — comentou, vivaz e irônico, o Serrão. — O caso da banana e o da espula donde vieram? — perguntou. — E, agora mesmo, não vejo o Zé T'andando às voltas com a polícia?
— Seu Lopes, você quer saber duma coisa? — perguntou o Torcido: — É melhor que você trate da sociedade lá da Fabril.
— Que tem? — interrogou, intrigado, o Lopes.
E o censor respondeu sem demora.
Não queria falar... Mas, como fora provocado e como quem tinha rabo de palha não tocava fogo no do vizinho, ele também ia relatar o que a voz pública dizia da nova sociedade, constituída por operários da fábrica do Lopes. Ninguém lhe contara, era certo, mas ouvira de pessoas mesmo de dentro uma censura tenaz e justa pela forma aparatosa e estridente com que fizeram a instalação da novel agremiação, desperdiçando-se dinheiro às mãos cheias com música, foguetes e comes e bebes, dinheiro que serviria para

garantir o capital da associação. E além disso ainda queriam pagar os funerais dum sócio, cujo requerimento para a admissão tivera o deferimento da diretoria, quando ele já era cadáver, havia umas boas horas. Se começava assim a tal sociedade...

— Ah! ah! ah! — gargalhou o Lopes. Ria-se e esfregava as mãos. A acusação do Torcido era infundada, sem valor. Os funerais não seriam pagos pela diretoria da sociedade, uma vez que ela fora iludida na sua boa-fé, o que se poderia dar com qualquer outra. E, quanto à pomposa festa da instalação, a sociedade nenhum dinheiro despendera, porque fora uma contribuição espontânea dos sócios, para esse fim único.

— Seu Torcido — concluiu —, nós vivemos às claras, fique certo!

O Torcido, lívido e atoado, desconcertado pelo protesto terminante e irrefutável que lhe lançou o Lopes, foi troçado pelo Pereira, o Rufino e o Josias, todos da Fabril, que se tinham reunido ao grupo.

G. Serrão, sempre irônico e causticante, relembrou acontecimentos passados na Camboa. Ainda se lhe não varrera da memória o "caso dos carrinhos", que tanto dera que falar, e que fora cantado em prosa e verso e sobre o qual o Billio até compusera uma polca, "Os novelos da Fiação", que esteve na ponta por muito tempo. E, fazendo um esforço de memória, um grandioso arranque de entonação, conseguiu cantarolar:

Minha gente venha ver
Um caso que aconteceu:
A cesta de carrinhos
Que no mato se escondeu

O Lopes, saracoteando-se de contentamento, com a cantata reavivada na memória, fazendo dum dos braços um violão, com o outro braço simulava bandolinar; e tromponescamente ajudou o Serrão, fazendo o coro:

Mi largue, *mi* solte
Mi deixe, por *favô*
Não posso *lhi atendê*
Foi o gerente quem *mandô*

Os dois, agora afinadas as vozes, viva e estridentemente:

Minha gente, venha ver
Um caso de admiração:
Dona Honora Ferrão
Co'os novelos da Fiação!

A não ser o Torcido e o Serafim, que estavam exasperados, convulsionantes, hirtos de raiva — todos, austeramente possuídos da troça, clangorosos e orquéstricos entoavam:

Mi largue, *mi* solte
Mi deixe, por *favô*
Não posso *lhi atendê*
Foi o gerente quem *mandô*

E, por entre um rumoroso e farfalhante gargalhar, o gracejo ia-se transformando num desaguisado, cujas consequências eram dificílimas de prever, quando o Serrão exclama:
— Assim, seu Raposo, de par com as meninas, hein!
A discussão foi interrompida, voltando-se todos para o Raposo, um velho *poeta e filósofo*, que, despedindo-se dum grupo de moçoilas, que regressavam do trabalho da fábrica Fabril, vem tomar o seu lugar costumado na palestra do banco em que pontificavam o Lopes e os seus companheiros.
— Então, seu Raposo, namoricando, hein? Seu maganão! — comentou o Serrão.

— Qual, rapaziada, isso é pra vocês! Eu sou bananeira que já deu cacho. Estava ali a prosar com a Miloca, minha afilhada; as outras são irmãs dela — explicou.

— Vejam só — observa o Lopes —, ainda haverá quem se atreva a dizer que a Fabril não é importante! Uma fábrica que sustenta três irmãs: uma família!

Como que um véu se passou sobre aquela troça, e todos estavam agora presos aos lábios do *filósofo*, que passou a dissertar, como era o seu costume.

Lastimava que na presente quadra, em que tanto se falava dos direitos da mulher, em que se fazia tanto rumor à procura da sua almejada independência, ninguém cuidasse de indagar se eram suficientes os meios de subsistência que ela tira desse trabalho, que, a seu ver, a enobrece e dignifica.

— A modéstia operária que ganha o pão cotidiano, às voltas com dois ou três teares, ficando com a fronte perolada dum suor azeitado, terá já toda a independência moral para viver sem o auxílio do homem?

Os rapazes entreolharam-se, como que querendo comunicar uns aos outros a sua ignorância pelo que ouviam.

— Época haverá — continuava a doutrinar o *poeta* — em que não existirá gênero algum de trabalho, seja material ou intelectual, em que a mulher não tome parte. A sua predominância atual é no serviço doméstico, e, nos sertões, nos trabalhos de lavoura, uma ou outra, quando se lhes mostram muitos campos que exercerem a sua atividade, para os quais não recebeu, entretanto, aprendizagem de sorte alguma. Prestando iguais ou melhores serviços do que o varão, cobra menos que este. A razão disso está em a mulher achar-se rebaixada, social e politicamente, apesar de a sua obra, no seio da família, se ter sempre desconhecido ou menoscabado. — Eram todos moços, dizia-lhes, e não tinham ainda o raciocínio preciso para avaliar o descalabro imperante...

Pigarreou e prosseguiu: quando ele via aquela porção de meninas pobres, num constante vai e vem, para ter o pão cotidiano, o seu coração ficava contrito; e a mágoa que dele se apossava era ainda maior, quando certas pessoas, que de tudo blasfemavam, se punham a dizer: "Qual, moça de fábricas!", e tocavam na selvática e vil campanha da difamação e no labéu da injúria.

Era uma corja! Vinham-lhe ímpetos de extirpá-la!

E, tendo o seu auditório seduzido e embasbacado, prosseguia evangelicamente:

— Tudo isto deriva de um erro fundamental, vinculado à nossa sociedade, que é "a mulher casada é sustentada pelo marido". Origina-se desta pretendida dependência econômica a sua inferioridade espiritual em todas as ordens, que passa do lar doméstico às relações externas e faz que a consideremos como uma escrava...

— Bom, meus senhores — interrompeu-se —, preciso de conversar com aquele amigo que vai ali no bonde. Até logo!

No veículo, a não ser o cocheiro e o condutor, não ia mais pessoa alguma. E grande foi o pasmo dos rapazes, vendo o Raposo entrar no bonde, onde eles não viam o tal "amigo". O Lopes tirou-os do embaraço, pondo-se a explicar-lhes que algum espírito, certamente, fora visto no carro pelo poeta, e contou que já uma ocasião, numa festa de São Benedito, foram com ele a uma bandeja de doces, da nhá Leonília, comeram os dois, a sós, e, no fim, o Raposo pagara o que haviam comido, e dera mais um mil réis. A doceira, consciente, restituiu-lhe a importância e, mostrando-lhe o engano, o homenzinho recusou-se a receber a quantia, dizendo que era do "outro amigo que lá estivera com ele", quando ninguém, a não ser o Lopes, o acompanhava.

— Eu, cá por mim — diz o Rufino —, não entendi coisa alguma do sermão que ele pregou.

— Nem eu! Nem eu! — repetiram os demais.

— Quem vai lucrar com a história — diz o Serrão — é o condutor, pois, certamente, ele pagará, além da sua passagem, a do "amigo"...

— Coitado! — comentou o Josias —, "aquele vício", que todos nós sabemos, é que o perde.

— Ó cabeça boa, vem cá — disse o Lopes ao Egídio que passava sobraçando um maço de bandeirolas. — Vai fazer festa?

— Qual festa, qual nada! Estas bandeiras já desempenharam o seu papel, lá na Cânhamo, no dia dos anos do gerente. — E, dirigindo-se para o Serafim: — Então, meu amigo, lá pela sua fábrica já se faz execução?

— Não sei o que quer dizer o amigo com isso — observou o Serafim.

— Falo da pequena que lá foi encontrada armando um laço para enforcar-se e que o gerente, sabendo do fato, pôs no olho da rua. Para que fazer mistério duma coisa que o Maranhão em peso conhece? Olha: o Zé T'andando quer te falar! Passem bem.

— Vocês estão enganados com esse "cabeça" — diz o Lopes. — Sabe de tudo e de tudo fala...

— Então vocês são colegas? — adiantou o Pereira.

— Não apoiado! Não invento, digo a verdade; ademais, não sou medroso como você, que, para falar de uma coisa, olha em redor a ver se tem alguém a mais.

— Nada de discussão — aconselhou o Torcido. — Vamos ao que nos interessa saber. Vocês já viram — perguntou — aquele "cabeça" do Desterro, que tinha ido de muda para o sul, aquele doutor?

— Não — diz o Pereira. — Sei que está aí, e até me disseram, não sei se é certo, que vem comprar a fábrica Anil, a mandado duns ricaços de lá.

— Qual compra, qual nada! — exclama o Lopes. — Esses doutores que arribam daqui, quando aparecem, para mostrar uma importância que não têm, dizem-se logo "comissários", "incumbidos", e outras coisas mais. O que vale é que aqui já não tem quase "cabeças" formados, e mesmo eu acho que não são precisos.

O Pereira concordou, acrescentando que noutros tempos fazia gosto ver-se uma sessão no júri, onde falavam ilustres doutores. Hoje, era um descalabro, uma vergonha.

E ele que ouvira o Sepúlveda a defender um alferes do exército! — disse ufano o Lopes. Sabia ser incapaz de fazer o que o ator fizera, isso reconhecia, mas confessava que a defesa do homem não lhe agradara. Ele, que já ouvira tantos "cabeças" ilustres soltarem o verbo no tribunal, tanto na tribuna da defesa como na da acusação, tinha saudades desses tempos. Ainda se lhe não apagara da memória o julgamento do Cruz Ponçadilha, o do Manuel Bexiga, da Amelia Pagé[55] e de outros processos importantes. Nesse ponto, estava de inteiro acordo com o Antônio Fabrício, que dizia haver sido "gente formada" mesmo quem desmoralizara o júri na sua terra. Pois um calhandro, sobraçado pelo Raimundo Munheca, não comparecera em plena audiência! E, depois dum lacrimejante: "Com licença, meus senhores!", a numerosa assistência, malgrado seu, tapando os narizes, não se sujeitara a ouvir os trovejantes rumores que uma necessidade fisiológica obrigara uma das testemunhas a soltar pelas salas do tribunal afora.

Uma forte risada abafou as últimas palavras da narrativa de Lopes.

Neste ínterim todos voltaram a sua atenção para uma moçoila, que passava com uma cesta na mão.

Era a Silvéria, da São Luís, que ia muito cheia de si, alegre e catita, tendo flamejantes nos negros cabelos os fracos raios do sol imerso já quase todo no Ocidente. Acenou com o lenço para o grupo e todos corresponderam à saudação, fazendo reverentes barretadas.

— Sempre atirada, a pequena — comentou o Lopes.

— É verdade — perguntou o Serrão — que há sobre o casório dela?

— Está marcado para breve, segundo me disse a irmã — rispostou o Torcido. — A prima — acrescentou — é que eu julgo estar despachada para consumo. Trabalha agora na Lanilícios, e ainda outro dia fez anos caladinha...

— *Hôme*, ela não me parece muito criança — aventou o Serafim.

— Tem já mais de trinta...

— Então já deu o tiro na macaca! — galhofou o Lopes.

— Tem... trinta e três, certos — afirmou o Torcido.

— Se é isso, são os anos de Cristo! — exclamou o Serrão rematando.

✳

Entardecia. Começava a dispersão dos sesteiros, cada qual procurando os seus penates para "fazer bem ao estômago" e, em seguida ir ainda girar a vida. O Serafim e o Torcido tinham que estar presentes, nessa noite, a uma reunião da Sociedade Beneficente de Santa Severa. O Rufino e o Pereira iriam experimentar a sorte, lutar com os grãos de milho nas cordas do quino, na casa do Álvaro.

E o Josias, o Serrão e o Lopes, residindo no bairro da Currupira, ainda se conservaram sentados a parolar. E, por entre chacotas e risos estridentes, comentavam fatos já arrefecidos no domínio público. A surra aplicada às costas do Fortuna, a prisão e a mela aplicada no pelo do Couto, no próprio cárcere, ambos estes castigos para "desagravar a sociedade"; as bravatas do Rego Barros, o crime do Santiago, o assassinato no baile do Silva Santos, a morte misteriosa do Luís Pinto, tudo isso era relembrado, trazido à balha.

Quando os três, vencidos pela fome e pela escassez de assunto, abandonaram o banco em que palestravam, dos lados do quartel de polícia, por detrás do covão do Campo de Ourique, vinha a lua a subir, alva, cheia, projetando majestosamente a sua claridade por sobre os arbustos da avenida, em cuja frente se erguia alto um palacete, donde saíam apianadas as melífluas e clangorosas notas da protofonia de "O Guarani", os harmoniosos acordes daquela música em que tão belamente se canta o amor do indígena, como que querendo saudar o alvacento e místico planeta que vinha clareando no céu, onde já se viam recamados fulgurar outros astros...

A Revista do Norte
1º de dezembro de 1914

A comunhão do Romualdo (cena da roça)

Era em 1888, na fazenda Santa Rosa, do coronel Gonzaga, à margem do Mearim.

Situada, como quase todas as outras da província, num quadrilátero, cercada de acapu, havendo em três panos de cerca cancelas dando fácil acesso a outras tantas tortuosas e estreitas estradas, a Santa Rosa era importante e obedecia a sagaz e produtiva direção.

A casa da vivenda, Casa-Grande ou casa dos brancos, como a chamavam os escravos, vistosamente erguida do lado do poente, ficava ao término de dois renques de coqueiros paralelos que, simetricamente estendidos, iam tocar ao cercado que lhe ficava fronteiro.

Ladeavam a Casa-Grande o engenho de açúcar e a bolandeira.

Atrás do coqueiral erguia-se a rancharia, pequenas casas de porta e janela, toscas, cobertas de telhas, sem reboco, mais ou menos bem alinhadas.

Pelo meio do sítio cresciam árvores frutíferas — mangueiras, cajueiros, bacurizeiros, jaqueiras, oitizeiros — com espessos troncos, junto dos quais se viam pesados carros com as cangas.

Também aos lados da casa de vivenda situavam-se outras casas, como as de carpintaria, da ferraria, o armazém de açúcar e a morada do feitor da fazenda.

Os escravos, além da sua habitação, no andar térreo, possuíam uma outra, a que chamavam jirau, onde depositavam os surrões, os baús, as canastras e o cofo, companheiro inseparável de todas as jornadas, na caça, na pesca, na colheita, na salga, na matulagem.

Na habitação dos brancos, um edifício assobradado, tinha-se entrada por uma escadaria fora do corpo da vivenda, que levava do patamar à larga e comprida varanda que circunda a casa por três lados.

São originais as varandas no norte do Brasil, pois não formam nem terraço nem o termo propriamente dito, e sim um complemento da casa. E tão grandes são elas que, as mais das vezes, servem de salas de visita, de jantar ou de trabalho; salão de dança e — quantas vezes! — alcova, além de que constituem o lugar predileto do lavrador.

O fazendeiro, ao regressar da inspeção à roça ou ao canavial, estafado, moído, com as pernas doridas, não se furta à confortante tarefa de estirar-se numa rede atada à varanda, dar uns quatro embalos, cachimbo ao queixo, e adormecer um sono de abade.

Isso quando o regresso é já tarde. Ao contrário, vai ao vasto e florido jardim, que viceja carinhosamente tratado quase que só pelas delicadas mãos da esposa ou das filhas, e lá se senta por alguns instantes.

Esses jardins são também a parte precedente de bem cuidadas hortas.

As paredes e os caibros das varandas estão pejados de gaiolas com periquitos, papagaios, corrupiões, sabiás e outros pássaros que, ao alvorecer, alegram a casa inteira, numa cantata infrene.

Geralmente no fim da varanda há as portas dum grande oratório, fazendo as vezes de capela.

Na Santa Rosa, porém, o coronel Gonzaga tinha uma capela especial, a uns metros de distância, soberbamente zelada por sua esposa, sob a invocação da padroeira da fazenda.

✳

Todos os anos, invariavelmente, pela Páscoa da Ressurreição, na Santa Rosa aguardava-se a visita do vigário Mirassol, um aparentado dos Gonzagas, que lá ia administrar os sacramentos da penitência e da eucaristia.

Naquele vasto e progressivo estabelecimento agronômico ninguém faltava à prática desses mandamentos da Santa Madre Igreja. As pessoas que constituíam a avultada família do coronel e a sua escravatura prosternavam-se narrando as suas culpas e os seus erros ao sacerdote desobrigante.

Havia, porém, na Santa Rosa, uma pessoa que circunstâncias imprevistas e ocorridas todos os anos por aquela época arredavam do confessionário. Era o preto Romualdo, um dos mais queridos dos escravizados dos Gonzagas e que nunca se confessara, uma vez que fosse na sua vida, que ia já por uns quarenta janeiros. Viagens a pontos longínquos, ora como guia de viajores, ora como tangedor de gado vacum que era, formavam sério obstáculo para que a mira do vigário assestasse o sol do remisso pecador.

Naquele ano dos três oitos, exatamente no em que por uma lei áurea foi assinalada a fraternidade dos nacionais, quando o padre Mirassol, montado no seu burrinho castanho, chegou ao portal da Santa Rosa, foi o Romualdo quem o ajudou a desmontar e, desarreando o animal, conduziu este à estrebaria.

Do jardim veio galopeando o Quebra-ferro fazendo soar o seu latido, a princípio feroz, depois álacre, logo que reconheceu o visitante. E, farejando o vigário, o cão, com a cauda a agitar, olfatava as fivelas de prata dos envernizados sapatos do confessor, que o amimava com doçura.

O sacerdote não reparara naquela cara nova que lhe ajudara a desmontar, e só veio a saber que era do involuntário remisso quando a petizada do coronel, pululando em torno da sua batina, a receber a sua bênção, lhe anunciara jubilosa que o Romualdo daquela vez se confessaria, para o que já se havia exercitado no "Eu Pecador" e no "Ato de Contrição".

A parceirada do preto trazia-o num cortado de nossa morte, fazendo-o passar por uma tremenda saraivada de motejos. Queriam ver como ele, tapado e moleirão, se haveria de atar diante do confessor. E depois, a penitência, o jejum, as rezas...

Mas o Romualdo pouco ou nenhum caso fez da assuada que crescia em redor da sua pessoa; além de que, as práticas que as senhoras moças lhe haviam ensinado o tranquilizavam, por alguma forma.

Dentre essas práticas, porém, havia uma única que o embaraçava fortemente: era sofrer fome com o jejum, privação obrigatória na fazenda pela Páscoa.

Então, tanto imaginou que um plano se lhe deparou a concertar e o qual foi levado a cabo.

Assim foi que, no dia da sua comunhão, logo que o cantarolar sonoro e prolongado dos galos anunciou a madrugada, o preto, que se havia confessado na tarde anterior, no próprio dia da chegada do Mirassol — sem passar, entretanto, pelas atrapalhações que lhe predestinavam —, ergueu-se, balbuciou a sua oração e, munindo-se duma faca parnaíba, foi ao terreiro.

A lua clareava bonita como dia.

E foi sob essa luz radiante que o Romualdo, chegando ao poleiro em que repousava sonolenta a criação, pegou num dos reis do terreiro, talvez um dos que minutos antes desferiram as mais alegres notas na cantata das quatro horas, e, passando a parnaíba no pescoço daquela majestade sem imunidades, em três tempos fê-la entrar a ferver numa panela colocada sobre três negras pedras, as itacurubas, com as quais improvisara o fogão no meio do quintal, por detrás da rancharia.

O galo cozinhou depressa, poderosamente auxiliado por três grãos de milho e um caco de prato, e passou para o fígado do Romualdo, acompanhado, já se vê, duma gorda farofa. Tão gostoso estava o petisco que o homem comeu até pedir, e ainda lambeu os dedos, um por um.

Quando o feitor fez retinir a sineta, para acordar a escravatura penitente, esta achou-se atropeladamente a postos, aguardando o desobrigador para presidir o banquete espiritual.

Eram cinco horas da manhã.

✱

Instante depois, na Casa-Grande, o vigário despertava do sono cheio de conforto, que lhe tinham facultado as atenções e os extremos carinhos dos Gonzagas, e, chegando à grade do janelão, cuja sacada de madeira deitava para os fundos da Santa Rosa, *mirou* no Oriente o clarão rubro e forte do seu homônimo, que vinha dos outros hemisférios a iluminar e enseivar com a sua luz bendita aqueles campos vastíssimos, todos verdejantes pelo milharal e pelo feijoal e outros cereais que constituíam a estupenda riqueza das regiões do Mearim.

O Mirassol, fitando com continuidade aquele espetáculo grandioso, só foi distraído no momento em que o coronel, envolvido no seu inseparável rodaque de brim pardo, batendo-lhe de manso no ombro, o saudou, estendendo-lhe a mão amiga, todo sorriso e mesuras.

E agora os dois, debruçados, olhavam fartamente para os bois que pastavam na verde relva, e ouviam o berrar contínuo dos bezerros; observavam extasiados as manadas de carneiros alvos e felpudos que pasciam choramingando e os magotes de porcos que fuçavam e grunhiam nos portais dos chiqueiros, enquanto nas árvores a passarada ressoava álacre de galho em galho, trauteando, em maviosas e sublimes notas de saudação ao albor virginal da manhã, sugestivo hino de esperança e de vida.

Quando, imersos em tal fascinação, se achavam contemplando aquele belo despertar entre paz e alegria, o pequeno sino da capela de Santa Rosa vibrou conclamando para a missa.

E, dali a momentos, para lá se encaminharam todos.

✳

Eram dez horas do dia.

Já quase ninguém se lembrava de que tinha tomado o Senhor, quando um grande murmúrio se levanta entre os escravos recém-sacramentados.

O Nanico, uma das aves mais bonitas do terreiro, desaparecera.

Recriminavam-se mutuamente como responsáveis pela falta quando, qual anjo da paz, surge das matas o Romualdo, trazendo num cofo a cabeça e as pernas da vítima e exclamando:

— Aqui está Nanico, que eu matei, não por maldade, Deus Nosso Senhor me livre, mas pra comer...

— Quando?! — indagaram espantados.

— De madrugada — respondeu impassível o preto.

— Sacrilégio! — bradaram. — Comer antes de tomar o Senhor!

Mas o Romualdo explicou-se, procurando mostrar que tinha a razão ao seu lado. Ouvira falar que um galo anunciara o nascimento de Cristo, e fora por isso que, achando que o seu estômago, que nunca recebera o corpo do Senhor, estranharia a visita se ela não fosse precedida pela dum galo anunciante, tomara tal resolução.

Todavia, o verdadeiro motivo que levara o Romualdo a almoçar o Nanico fora, como já vimos, o temor do jejum. E como ele não achasse outra justificativa e se quisesse livrar dos apodos que continuavam crescentes, concluiu fazendo-se lorpa:

— Então que vocês queriam? Eu havia de botar o galo pra dentro por cima do Nosso Senhor?! Deus Nosso Senhor é que devia ir por cima do galo!

Uma gargalhada estridente reboou pelo pátio da rancharia afora, às últimas palavras do preto. Só levando o caso em pilhéria, resolvera a escravatura.

A esse tempo, o coronel e o vigário, mostrando, este, a encanecida cabeça e, aquele, a sua luzidia coroa, passam solenemente diante do rancho, de volta de reconfortante banho no rio que corria no fundo da fazenda; e o Romualdo, sorrindo de satisfação pelas visitas que naquela hora lhe honravam o estômago, a um sinal do fazendeiro, seguiu o caminho da estrebaria a arrear o animal em que montava o padre, para, dali a pouco, reconduzi-lo aos seus penates.

O desobrigador, antes de partir, rompendo com as práticas já tradicionais nos domínios dos Gonzagas, ainda assombrado pelo grandioso progredir que observara na Santa Rosa, com surpresa geral, dispensou o jejum.

E o coronel, festejando a Ressurreição do Senhor, concedeu três dias de descanso à escravatura, que se entregou logo ao folguedo.

A viola estrugiu, os pandeiros chocalharam vivazes com maestria, acompanhando-os a marimba e a harmônica. Tão imensa era a alegria, tão vibrante o prazer, que dizia-se começar a refletir aos olhos daquela gente uma como que luminosa miragem, sondando o futuro ou — quem sabe? — festejando já os prelúdios da confraternização social, que, um mês após, irmanava os brasileiros.

E o vigário, seguido do seu pajem, tendo passado o coqueiral, cavalgando o seu burrinho, seguia estrada afora troteando lentamente, rédeas descansadas, sorvendo a inebriante hausa pureza do confortante ar e observando, contemplativo e absorto, aquele panorama todo reluzente de ouro que lhe projetavam os raios do sol, que subia incessantemente vitalizando aquela terra da Santa Rosa, abençoada, feliz e prodigiosamente fecunda.

A Revista do Norte
Abril de 1906

O Treze de Maio (recordações)

À imorredoura memória de Victor Lobato

Na praça Deodoro, que o vulgo, por uma injustificável pirraça, ainda se não desacostumou de chamar "largo do Quartel", tocam na frente deste duas bandas de música, as dos dois batalhões nele aquartelados. No mastro colocado na fachada do vasto edifício, tremula majestosa e excelsamente o pavilhão auriverde. Algumas dezenas de populares apreciam as peças, que, dum bem selecionado repertório, as duas bandas fazem arfar harmoniosa e estridentemente.

Um toque de corneta atroou pelo quartel afora. Era o sinal da aproximação do momento da cerimônia do descer da bandeira. Uma terceira banda, composta de cornetas e tambores, veio postar-se em frente ao edifício.

Num dos bancos de pedra, construídos na praça, sentavam-se o professor Geraldo, o Maneco, operário da Fabril, e o Joaquim Matias, quitandeiro estabelecido na Currupira.

Seis horas. Ao som do hino nacional e da marca batida de cornetas e tambores, ecoando rumorosa e rufladamente, o sacrossanto símbolo da Pátria, radiantemente belo, vinha descendo vagarosa e solenemente. E os três amigos, de pé, cabeças descobertas, tinham refletido no semblante o fervoroso amor que lhes ia n'alma.

— Vejam vocês como se comemora entre nós o maior dia nacional — comentou o professor. — Os operários da Fabril, seu Maneco, que por ali andam a alardear a grandeza e o desenvolvimento da fábrica, deveriam promover com toda a pompa, de parceria com as suas congêneres, os festejos à data de hoje.

— Mas é que lá ninguém foi treze.[56] Pelo menos não me consta — respondeu placidamente o Maneco.

— O professor ainda se engana com os preconceitos que reinam nesta terra?! — pergunta admirado o Joaquim Matias. — Ninguém hoje quer ser acoimado de treze, quando há quinze anos era o padrão de glória dos libertos pela lei, cuja data hoje se festeja, dizerem: "Eu sou livre por um decreto, assinado com pena de ouro; não tenho carta no cofo!". Ninguém foi treze!, professor, assim o querem, assim seja! E quer que eu lhe diga uma coisa? Falta no Maranhão patriotismo!

— E o civismo — acrescentou o Geraldo.

— Sim, senhor — continuou. — E com que indiferentismo se olha para aquela bandeira! — E apontava para o pavilhão, já arriado, e que nas suas dobras recebia, dourando-as, os raios do sol que fugia a iluminar os outros hemisférios. — Todos gostam de festas, mas não as promovem; batem palmas a todas as boas ideias, sem, entretanto, auxiliá-las... Não me refiro cá ao Maneco, está claro, que, não sendo treze, um bom rapaz, como ele é, se tivesse quem o auxiliasse, movimentaria toda aquela Fabril e a estas horas estaríamos assistindo o desfilar dum imponentíssimo cortejo...

— Eu é porque já estou velho. Ao contrário, punha a arder a cidade, no dia de hoje — disse o Geraldo.

O velho educador fora contemporâneo assaz entusiasta da memorável e santa campanha do abolicionismo no Maranhão. Dum talento inspirado por uma forma particular, era ora irônico e benévolo, ora sisudo e causticante. E era de ver, quando se lhe tocava na "fibra patriótica", o modo com que ele desfiava esse rosário de peripécias, que constituíram a gloriosa batalha em que lutaram com a mais sagrada abnegação esses valentes pioneiros, que ficaram conhecidos por nobre título de "abolicionistas maranhenses".

Foi por isso que à censura do Joaquim Matias à falta de patriotismo, aviventando no venerando professor o entusiasmo já arrefecido naquele cérebro, o homem se propôs a narrar aos dois o "histórico de propaganda" da abolição no Maranhão.

E o quitandeiro e o operário, todos ouvidos, repoltrearam-se mais comodamente, e o professor Geraldo, depois de pigarrear, deu de línguas, começando a sua narrativa.

A campanha para a extinção do elemento servil — prelecionava o Geraldo — tivera o seu início na imprensa, pela fulgurante pena de João Lisboa, que pedira em altos brados a exterminação completa da escravidão no Brasil. Abolicionista fervoroso como era o *Timon*, muito concorrera para o crescimento cada vez maior do movimento emancipador, que teve no doutor Marques Rodrigues um esforçado propugnador. Fora este quem sugerira à irmandade de são Benedito a magnânima ideia de libertar anualmente, no dia da festa do seu patrono, um certo número de crianças, conforme a quantia obtida de pessoas caridosas, organizando-se uma sociedade com esse único e exclusivo fim. No ano de 1867, ele lembrava-se bem, quinze crianças receberam a carta de liberdade! Outras associações foram sendo criadas sucessivamente com o mesmo propósito. E cada agremiação desse gênero que se fundava era um corretor de escravos (havia-se muitos) que baqueava, vítima da maldição dos vendidos.

— Eu nunca me esquecerei — continuava o professor — da solenidade com que um clube carnavalesco, o Francisquinha, alforriou nhá Sara e mais outra mulher, cujo nome não me lembra, escrava do Cerqueira Pinto.

A propaganda tomava incremento, eco pelo interior afora os seus benefícios resultados. Dos fugidos, raros eram os que tornavam aos senhores. Havia protetor em qualquer lugar em que se ocultassem: e a grande legião dos "capitães do mato" extinguia-se aos poucos.

Houve a célebre alforria, conhecida como "grito de Bazola", e, como consequência, a sanção do Clube Artístico Abolicionista do Maranhão, em 1886. Era composto de homens de ação que se esforçavam ardorosamente pela causa que por bandeira. Fundaram-no: o Sant'Anna, presidente; o José Maria Maranhense, vice-presidente; o Avelino Cruz, tesoureiro; o Vitello, orador, os Corrêa Pinto, o Ovídio...; o Antônio Almeida, o Chico Nina, o Merciêr, o Guilherme de Oliveira e o Joaquim. Esse punhado de obreiros agiam auxiliados pelas cabeças pensantes de Bethencourt, Frank Brandão, Agripino Azevedo, Godois, Dun... Abranches, Pedro Freire e tantos outros, que na sede do Clube, ali na rua de Sant'Anninha (e o professor apontava para Oeste), faziam conferência em prol da redenção dos cativos. A festa que o Abolicionista promoveu no Teatro São Luís, onde houve uma quermesse, cujo produto deu para libertar uma meia dúzia de escravos, foi uma festa como até então não houvera igual.

— E essa gente não receava o governo? — perguntou o Maneco.

— Conforme — observou o Joaquim Matias — o presidente era abolicionista, tinha gente como se era escravocrata, dançava na corda bamba, disso me lembro eu.

— É certo — concordou o professor, e prosseguiu: — Não me esquecerei nunca dum chefe de polícia que aqui houve, muito abolicionista. Quando ia algum senhor pedir a captura do escravo fugido, ele sempre se saía com esta: "Como se chama o seu escravizado? Quais os principais sinais do seu escravizado?", e assim por diante, frisando sempre a palavra escravizado, de modo que, assim procedendo, dava a entender ao burguês que se ele mandava catrafilar o foragido, era por um dever de lei, e não de sua consciência. Por fim já muitos senhores libertavam espontaneamente a todos os seus escravos, rasgo de generosidade que lhes rendiam infalivelmente um Hábito de Cristo ou uma Ordem da Rosa. Alguns aproveitavam a passagem da data aniversariante dum filho ou irmão, da esposa, em suma, duma data de regozijo no lar, para dar gratuitamente a "carta de alforria".

Quando veio a notícia da organização do gabinete do João Alfredo, de que fez parte o Luiz Antônio, a abolição era favas contadas, e, por isso, não foi grande surpresa quando começaram a chegar os telegramas anunciadores da apresentação do projeto nas cortes. E a lei passou em segunda discussão, e o Clube Abolicionista a pôr na rua uma passeata supimpa e grandiosamente aparatosa.

— Mas afinal de contas — comentou o professor discursante —, estou por cá há uma boa meia hora a falar em abolicionismo, e esquecendo uma coisa: estou a cometer o que noutros tempos se chamava de "crime de lesa-majestade". Sim, porque não teria o perdão quem, falando em abolicionismo, não falasse na *Pacotilha* e na Casa do Queiroz (não foi o dos bolos, pela república, é preciso notar), tão ligados estão esses dois nomes à campanha. Na *Pacotilha*, que era ali defronte do Jardim, jornal em que Victor Lobato estabeleceu como que uma mesa onde comungavam os seus companheiros de ideias, que eram todos os talentos de escol que nesta terra havia, nesse jornal se zurziu sem pena e sem dó o pelo dos escravocratas. Na Casa do Queiroz, um botequim que havia ali onde é hoje o High-Life, defronte do Teatro, se reunia a rapaziada abolicionista; e era o quartel-general dum grande número de rapazes e de alguns macróbios que beberricavam e palravam todas as noites, até as dez horas, quando, ao "toque do silêncio", em São João, se iam atirando ao caminho dos penates.

Ao lado dos literatos de "maiores cotações", como o Augusto

Britto, o Pedro Freire, o Pacífico Bessa, o Bethencourt, o João Gromwell, o Antônio Lobo, o Maneco Miranda, o Aluízio Porto, o Dunshee de Abranches, o Arthur Lemos, o Montrose Miranda, o Belmonte, o Manequinho Nina, o Fausto Fragoso, o Thomás Maia, o Ovídio Lobo, o Alfredo Barradas, na Casa do Queiroz reuniam-se outros que, sem serem literatos, consentiam que se lhes desse o honroso título. Eram, além de outros, o Pretextato, o Lurine Soares, o Nhônhô Bello, o Alberto Pereira, o Corrêa, o Tóta Xavier, o Pinto Júnior, o Servulo, o Fontoura, irmão do Adelino, que muito boa cerveja pagou àquela rapaziada que constituía o grupo dos "de cotação", que, quando com a garganta seca, recitava versos do irmão.

Havia à porta do célebre botequim uma tribuna, especialmente construída para nela se discursar pelos festejos do Treze de Maio. Não havia passeata que por ali não passasse, havendo naquele ponto sempre uns três ou quatro oradores notáveis.

— Não atalhando a sua conversa — perguntou o Joaquim Matias —, por onde paira toda essa gente que você enumerou?

— Em três regiões distintas. Uns, com Deus, no reino da glória, como o Augusto Britto, o Aluizio Porto, o João Gromwell, o Pacífico Bessa, o Montrose Miranda e o Belmonte; outros, entre nós, conservam-se eternamente provincianos, como Antônio Lobo, diretor da biblioteca e d'*A Revista do Norte*, o Manequinho Nina, e o Lurine Soares, no nosso comércio, o Thomás Maia, na secretaria de polícia, e alguns dos sem "cotação" se conservam ainda inéditos, pois só o Servulo foi o único que fez por junto uns cinco sonetos, e foi tudo quanto em vinte e nove anos de conúbio parturejou a sua Musa... O resto, emigrou, anda por esses Brasis afora: o Pedro Freire é hoje político de nota no Amazonas; o Dunshee de Abranches, jornalista preeminente no Rio de Janeiro; o Bethencourt dirige um importante jornal em Manaus; o Maneco Miranda, que há pouco veio ao Maranhão, está empregado municipal no

Distrito Federal; o Fausto Fragoso, na Repartição Geral de Estatística, esteve no Maranhão dirigindo o serviço do último recenseamento; o Alfredo Barradas é desembargador no Pará, e passou por cá, há meses, em viagem para a Europa; o Ovídio Lobo chefia uma seção na secretaria do governo do Amazonas, advoga e está cursando direito; o Arthur Lemos representa o Pará no Congresso Nacional, sendo, na Câmara, um tribuno notável.

— É por isso que naquele tempo se faziam boas festas — diz o Maneco. — Se havia gente assim...

— Não era só por isso, rapaz — adiantou o quitandeiro. — Havia gosto, homens de ação e iniciativa. Iniciativa, ouviu?

— E entusiasmo — acrescentou o professor Geraldo. — As festas que se realizaram pelo Treze de Maio foram um delírio! Do interior da ilha vinha gente como se fosse para a procissão de são Benedito. Todos os dias passeatas transitavam pela cidade. E era num esfregar de olhos enquanto o Luiz Luz e o Dionísio pintavam nos andores, já armados pelo Sant'Anna, os bustos de Joaquim Serra, José do Patrocínio, João Alfredo, Luiz Antônio, Dantas, Nabuco, Antônio Prado, Luiz Gama, a Princesa Isabel; e até o Bazola teve o seu busto pintado. Todas as classes festejaram a áurea lei, e sem gastar dinheiro. Era só destacar uma comissão para palácio, e o presidente, o Moreira Alves,[57] que está hoje deputado federal pela sua terra, Pernambuco, já ia cedendo a banda de música, do Quinto ou dos Educandos, conforme se pedia. O Amâncio Cana-Verde, que fez parte dumas tantas comissões, preferia sempre a dos Educandos. A "passeata das senhoras", organizada pelo Benedito Serra, é digna duma epopeia!

— Lá isso é — diz o Maneco. — Faço uma ideia do que ela foi pelo que o ilustre marceneiro promoveu em honra ao Coelho Neto.

— Qual, rapaz, nem há comparação! Não se pode fazer uma ideia. Só quem a viu pode contar. Foi um delírio, repito, foi uma verdadeira apoteose.

As festas, tanto as profanas como as religiosas, eram cheias duma pompa e dum esplendor indescritíveis. Ainda me lembra o sermão que o Mourão pregou em Santo Antônio, na noite de Treze, em seguida ao *Te-Deum*, em ação de graças, pela passagem da lei. Que linguagem, bela e arrebatadora! A *Pacotilha* saiu bizarra e galhardamente enfeitada, tendo impressas em letras garrafais em toda a sua extensão horizontal as palavras: NÃO HÁ MAIS ESCRAVOS! O Ismael, o Florêncio, o Dionísio e outros vendedores do órgão propagandista, que naquele dia vira vitoriosa a sua campanha, foram carregados em triunfo. Das grades do Jardim, defronte da gazeta de Victor Lobato, o Aluízio Porto, o Lobo, o Dunshee e tantos outros, inflando de entusiasmo, discursavam quase que em coro, cada um numa direção; e todos ouviam, porque o público invadira todas aquelas cercanias.

E os festejos se prolongaram pelo mês de junho afora, quando se fez a procissão de Nossa Senhora da Vitória, que não saía desde a terminação da guerra do Paraguai. O Cincinato, o Hilário, o José Vicente, o Sabino, o Manoel Pedro, o Quirino, os pretos do Jerônimo Tavares, os trabalhadores da Prensa e do Santo Ângelo, e os da companhia União, no Tesouro, tia Adelaide, nhá Sebastiana,[58] nhá Dorotéa e a tia Esperança foram os promotores da festa da Vitória, na Sé. E ainda acrescia que o ano dos "três oitos" fora fértil em procissões, havendo saído santos que desde o tempo dos Afonsinhos estavam encarcerados nas igrejas. A comissão dos festejos de Nossa Senhora da Vitória fazia questão de revestir a procissão duma solenidade, como a que se observara na de Corpus Christi, e conseguiu, senão no todo, pelo menos em parte. Obteve três bandas de música, e que o Quinto Batalhão e os Educandos formassem em grande uniforme. As primeiras varas do pálio não foram dadas aos presidentes da província e da Câmara, como na procissão que pretendiam imitar, mas o foram aos representantes do Clube Abolicionista, o Maranhense e o Victor Castello, dois propagandistas muito amigos, por sinal que vieram a morrer, já na República, ambos no mesmo dia. A procissão e o *Te-Deum*, ao recolher desta, foram imponentíssimos! Havia gente, meus amigos, e entusiasmo naquele tempo!

✳

O professor, já cansado, chegara ao fim da sua narrativa, quando um foguete, vindo do lado do Caminho Grande, estourou por sobre a Avenida Gomes de Castro.
— Quem será o patriota que toca foguetes? — perguntou.
— É da casa da nhá Sebastiana — respondeu o Maneco.
E o Geraldo, seguindo o caminho de casa, monologava:
— Eis aí os dois entes que nesta terra tomam para si a meritória tarefa de glorificar o Treze de Maio. A nhá Domingas, ao nascer do sol, perde o amor a cinco mil reis, que mais lhe rende a sua panela de mingau de milho, e manda celebrar uma missa pelas almas dos propagandistas que estão no além. A nhá Sebastiana, ao pôr do sol, reúne na sua choupana uma meia dúzia de libertos e faz com que eles, numa rutilante alegria, dancem o carimbó, requebrada e batidinhamente!
— E é a única, professor — acudiu o Joaquim Matias —, é a única que na capital do Maranhão festeja esta data tão gloriosa e que, como nos acaba de dizer, na nossa terra foi mais do que festejada: foi glorificada!
— A nhá Domingas, lá na rua das Barrocas — diz o Maneco —, também festeja. Mandou celebrar hoje uma missa no Rosário.
O quitandeiro e o operário despediram-se do professor. Iam ainda dar uma volta antes de se recolherem.

A Revista do Norte
13 de maio de 1903

Reis republicanos

A implantação do regime republicano no mês anterior perturbara vivamente o espírito do Daniel, um antigo e incansável promotor de festas natais, no bairro da Currupira.

Na sua persistente faina de exibir, em cada Natal, um presépio cada vez mais lindo e atraente, estava a vacilar sobre a instalação dos santos Reis Magos, naquele ano, no seu Oriental, pomposa e mística denominação dada ao mesmo presépio.

Metera-se na telha do ardoroso devoto do Deus Menino que o tenente Queiroz, o delegado terrorista, não consentiria que os três soberanos, parte integrante do Oriental, se mostrassem neste. Mas, avaliava, seria uma lacuna por demais sensível a ausência, no presépio, daquelas belíssimas maravilhas da escultura portuguesa, que, havia quinze anos, figuravam, pela Epifania, sobre as artísticas montanhas do abobadado Oriental, num fausto invejável, único.

E toca o Daniel, todo atarantado, a consultar Deus e o mundo como se haveria de sair daquela rascada. Ficaria satisfeito se se lhe deparasse um ensejo de fácil conciliação dos interesses dos três régios visitantes do Salvador com os das autoridades republicanas cá na terra, sem ofensa, de leve sequer, aos arraigados sentimentos tradicionalistas, de que ele se orgulhava imenso em possuir.

Múltiplos eram os conselhos que a toda hora recebia, alguns tão disparatados que resolvera, afinal, com os seus botões, não os tomar e deixar-se para agir conforme a predisposição do momento.

✳

Dia de Natal. Como de costume, no avarandado da morada do popular Daniel, onde se erguia o majestoso presépio, era quase impossível o trânsito. Crianças e velhos, rapazes e moçoilas, todo o pessoal currupirense, imerso em penetrante e consoladora alegria, assistiam à cerimônia da abertura do Oriental.

A ladainha fora tirada e recitada por meninas, que formavam um coro empolgante e harmonioso.

O presepista, em cuja fisionomia se contemplava o reflexo de alguma tristeza íntima, ondeou num gesto desconsolado e lânguido, ao findar o ato, e falou à numerosa assistência. Acompanha a opinião do país, que consentira na deportação da família bragantina, e eliminara também os Santos Reis do Oriental naquele ano do advento da República. Os três monarcas orientais não figurariam na festa do Nascimento desse ano.

A notícia, entretanto, não produzira o desânimo previsto pelo festeiro. O pessoal, todo ansioso por entrar, e ardentemente, nas danças, cujo início se preambulava já, recebeu com inexplicável frieza a observação, e atendeu preferentemente aos convidativos acordes que a orquestra desferia na sala onde instalada.

✳

Ao terminar, no dia de Ano Bom, a cerimônia de Graças a Deus, dos lábios do Daniel partiu solenemente explicação idêntica à feita, pelo Nascimento, aos seus convivas. E, no espírito destes, foi a mesma a impressão produzida.

Pela Epifania a concorrência ao Oriental tornou-se grandiosa. Os visitantes sucediam-se incontáveis, num vai e vem ininterrupto.

Sempre prestante e acolhedor, o presepista, na sua compostura aparentemente grave, não podia ocultar o que de satisfação lhe ia na alma, nobre e sincera. Tinha um garbo todo especial, observando a invejável admiração unânime de que faziam alvo o seu presépio, e sentia-se extremamente orgulhoso em saber que tal fama ia sendo trombeteada, com estridor, pela cidade afora. Nessa certeza, imenso era o seu prazer em gozar aquela marcha incessante, nas noites natais, rumo à sua casa.

Para os visitantes mais assíduos do presépio danielista, e que ali se deixavam ficar horas e horas, não era segredo que, naquela noite de Véspera de Reis, se lhes depararia importante "surpresa", arranjada e anunciada pelo festejador do Messias.

Isso aguçou mais fortemente o espírito dos orientalistas, os quais, desde muito cedo, se instalaram no avarandado.

A sala recebera mais adornos e a iluminação ressaltara mais intensa e brilhante.

Ao badalar repercutido das dez horas, quando pelas ruas se ouviam já as cantatas dos grupos de Reis, de permeio com a penetrante assuada dos "Reis da Bandalheira", que se distendiam por todos os bairros em ensurdecedor matracar, o nosso Daniel, acercado dos seus familiares, fez descerrar a cortina de pano adamascado que velava o Oriental.

Este surgiu majestoso, numa auréola de luz e flores, e o ambiente encheu-se do forte e inebriante odor daquela ramaria de murta e musgo com que era engenhosamente tecido o balcão do presépio.

Junto ao escabelo em que se erguia o Deus Menino, todo rechonchudo e corado, envolto na sua alva vestimenta de cetim, aureamente lantejoulada, estavam genuflexas as figuras de Gaspar, Belchior e Baltasar, ostentando nas frontes rubros e elegantes barretes frígios,[59] em substituição às argênteas coroas que lhes cingiam nos anos precedentes.

Era que o Daniel tomara a suprema resolução de restituir aos Santos Reis o seu lugar, insubstituível, no famoso presépio. Fizera-o, porém, republicanizando-os, para gáudio dos dançantes repúblicos e desespero dos presepistas monárquicos.

E desse agrado a uns e desagrado a outros, estabelecendo a equidade, o atilado Daniel, na emoção que o sufocava, julgou-se desagravado perante os três santos soberanos e bondosos, nos céus, e os homens maldizentes, na terra.

O Jornal
24 de dezembro de 1916

Presentes de Festas

O Gonçalo Pedreira cresceu, atingiu a maioridade e saiu como oficial do ourives sem conhecer o padrinho e nunca se haver importado de procurá-lo, apesar de sua mãe o atazanar cotidianamente para que ele fosse tomar a bênção ao seu compadre Bento Rodrigues.

Este era um abastado quitandeiro estabelecido no Portinho, e cada vez mais aumentava a fortuna. Possuía apólices da dívida pública, era senhor de muitas ações de diversas companhias e chegara já a ser votado para suplente da diretoria dum dos estabelecimentos de crédito da terra. Na gíria comercial, o seu nome era pronunciado já com uma certa reverência e não pequeno respeito.

À força de tantos rogos, numa manhã do dia de Natal, Gonçalo dispôs-se a ir visitar o padrinho, na sua residência, um sobrado próximo à quitanda.

Meteu-se nos panos e, todo entonado na fatiota domingueira, distendeu as canelas em direção à casa do padrinho.

De passagem, entrou na loja do Maia Neto para comprar um bilhete de Festas. O caixeiro trouxe-lhe uma caixa, que encerrava uma chusma dos bilhetinhos com os cantos fantasiados, e o Gonçalo esteve um bom quarto de hora a escolher o que mais lhe agradasse, até que por fim de contas decidiu por um que assim rezava:

De Festas lhe peço hoje
Meu adorado padrinho
Bênção, também proteção
E cobres pro meu cofrinho

O Gonçalo encerrou o cartão num envelope, subscritou e prosseguiu na viagem.

Ao aproximar-se da morada do Bento Rodrigues, sentiu faltarem-lhe as pernas e a coragem. Quis retroceder, mas lembrou-se de que a velha, que em casa tão alegre ficara com a sua resolução, ia cair na maior das tristezas. E, assim pensando, fez das tripas coração e, resoluto, enveredou pela escadaria do sobrado do padrinho.

Chegando ao patamar, bateu uma palma tão forte que ecoou pelo vasto casarão.

Instantes depois, o Gonçalo recebia a bênção do Bento Rodrigues e entregava-lhe timidamente o bilhete de Festas. Toda a família do quitandeiro veio à sala conhecer o filho da comadre Lourença, de que ele tanto falava. Desde que o padre Sodré o batizara, numa véspera de São João, no Carmo, ele não lhe pusera mais os olhos. Avaliava estar crescido o Gonçalo, mas não o supunha aquele rapagão, sadio e robusto.

— Mas em que tempos estávamos — falou censurando —, que os afilhados não procuravam os padrinhos para receber a bênção?

Então pôs-se a indagar a vida que levava o Gonçalo, em que oficina trabalhava, se já estava noivo, se já ajudava bem a comadre Lourença, se ganhava por semana ou quinzena.

O afilhado ia respondendo timidamente, com a cabeça enterrada, a suar frio e denotando mal-estar. Não se demorou em despedir-se.

O quitandeiro debalde insistiu para que ele esperasse um pouco mais, que ficasse para almoçar, que ali estava em liberdade, a sua família não era de etiquetas.

Mas era malhar em ferro frio. O rapaz insistia em retirar-se, pretextando incômodo.

— Meu padrinho desculpe. Para outra vez me demorarei mais — disse.

Então o Rodrigues foi ao quarto e dali a instantes voltava, entregando ao afilhado um envelope.

Deitou a bênção ao ourives, que se despediu atabalhoadamente da família do padrinho e desceu, apressado, os dois lances de escadas.

Num pulo, o Gonçalo achou-se em casa desvencilhado da rouparia, atirou-se à rede, abrindo avidamente o invólucro.

Era um outro cartão, que continha esta quadra:

Gonçalo, meu afilhado
Só hoje me procurou
Vá lá a bênção da praxe,
Mas as Festas eu não dou

O Gonçalo ficou aturdido com a leitura. Ao voltar-lhe a calma, fez um gesto com a mão para o padrinho ausente e, murmurando uma praga, gritou à Lourença:

— Mamãe, olhe o almoço!

Pacotilha
25 de dezembro de 1908

A opinião da Eusébia

A Francisco Lisboa Filho

— Assim, minha comadre, depois que seu Benzinho Mendes lhe deu a sorte grande, já ninguém tem licença de lhe pôr os olhos — dizia a Eusébia das Carneiros à Libânia, de quem era, além de amiga e patrícia, comadre de fogueira, pois embora ambas levassem vida airada, nenhuma havia concorrido com uma só unidade para aumentar os algarismos da estatística da população. Eram naturais do Codó, escravas das Carneiros, tendo vindo para a capital por intermédio do Caixa d'Óculos, que as vendeu ao capitalista Fagundes, o qual, na antevisão do aceleramento com que se aproximava a extinção do elemento servil, as libertou e outras suas escravas juntamente, rendendo-lhe o ato de filantropia um Hábito da Rosa.

A Eusébia, rapariga ainda moça, vivia alugada como cozinheira, em cujo ofício era exímia; gostava de dormir em casa dos patrões, não só para melhor se esquivar de "meter-se com baralhos", o que nenhum lucro dava, como também para estar a "par das novidades"; não morria lá muito de amores pelos homens, apesar da sua corpulência bem formada e dos seus fartos quadris.

A Libânia, mulata cujo corpo era de feitura semelhante ao da sua parceira, gostava de viver amasiada, e nessa vidinha era notável a sua predileção pelos Manuéis. O Manuel Grande, a quem Deus haja, o Manuel Romeu, o Manuel Pimenta, o Manuel Bem-servido, o Manuel Pichoso, o Manuel Rabada e parece que até os dois Manezinhos, todos a tiveram como apaixonada. Ultimamente amancebara-se com o Manuel Casimiro, e morava lá pras bandas do Filipinho; vinha à cidade uma vez por outra, não deixando, em cada uma dessas excursões, de visitar a comadre. E como já fizesse muito tempo que não dava um ar de sua graça, foi que a Eusébia, que vinha da praia do Desterro, com uma cambada de peixes no balde, fez aquela observação, ao encontrar-se com a Libânia, numa manhã, na Praça da Alegria, no canto da quitanda do João Pachola.

— Qual, minha comadre, não me culpe. Você bem sabe que, por mim, eu não estava naquela solidão!

— Vá dizendo pros outros, morda aqui!

E motejante apresentava o indicador à Libânia. Não compreendia como pudesse haver quem nos tempos presentes ainda se escravizasse voluntariamente. Deixasse penar pra lá o Manuel Casimiro com os seus achaques de hemorroidas e viesse pra cidade, que Manés lhe não faltariam, aconselhava.

— Isso não, minha comadre, isso é que não faço, nem nunca farei. Quem come a carne é quem rói os ossos. Aturo-o, que remédio! Tratada a vela de libra, como sou, ninguém se atreverá a chamar-me ingrata, pois não darei pé para isso. Vou indo aguentando o meu boi inté quando Deus quiser...

— O que é de gosto regala a vida. Que eu vou fazer pra sua sorte? — E, batendo nas costas da amiga, a Eusébia ria-se maliciosamente.

— Quando buzinar e que você for ao açougue, compre-me dois quilos de carne da maçã do peito, que eu quero levar pro sítio. Lá pro meio-dia lhe aparecerei...

— Eh! Eh! Minha comadre, você *ainda está André na história.*

Então você ainda não sabe que todos os dias se está botando carne fora, por causa dessa doença que está andando aí? Você com aquele homem até está ficando *panema*? — E acercando-se mais da Libânia, começou a narrar baixinho as "calamidades e as bandalheiras".

Não calculava a sua amiga a confusão e a trapalhada reinantes, a "despiedade" que andava pela cidade.

— Mas que vem a ser, minha comadre? — perguntava amedrontada a predileta dos Manuéis.

Ela sabia lá explicar! Desde a história da carne de vaca lá pras bandas do largo dos Amores que a coisa aparecera e disseram ser "peste borbônica".[60] Foi então que os moradores daquele bairro fizeram as suas malas e "tiraram o corpo", deixando o lugar deserto completamente. Ninguém mais quisera saber do peixe trazido à praia do Jenipapeiro pelas canoas do Carneiro e de Florentino. Os caboclos das bandas do Calhau e do Turú passavam de largo, e afrontando o vento esperto, com risco de ter os seus "cascos" alagados, iam ter à praia de Santo Antônio. Era um atropelo de nossa morte. E depois o incômodo da gente sujeitar-se à tal "desinfeição"! Ela mesmo não consentiria tal coisa na sua casa, se tivesse. Defumador por defumador bastava o que ela fazia todas as sextas-feiras, no seu quarto: um fogareiro pequeno de barro, um pouco de incenso, pastilhas e benjoim, uma lasquinha de pau-de-angola, pra afugentar as bruxas, isto quanto à casa; e, quanto ao seu corpo: numa banheira d'água do sereno uma infusão de murta, oriza, jardineira, folha-grossa, jasmim, tipi e uns dentinhos d'alho, e estava feito o negócio, "desinfeitados" casa e corpo. Estavam também com uma história de vacina, "chiringamento", nas costas ou na barriga, o que não ia com ela, que se tratara de bexigas em casa da Canuta, e não vira tanto arreganho e tamanho alarido.

— Quê? As coisas por cá estão assim?

— É o que lhe digo! E até porquinhos da China têm sido *chiringados*. Uma trapalhada dos trinta. Ainda bem não se acaba de morrer da cuja, *lá no jurujuba*, e a qualquer hora lá vai a gente, ainda quente, no carro do mãe-da-lua, caminho do gavião. Cá para nós: falou-se muito que uma menina, conduzida no *baú negro*, seu Furtado a encontrou de bruços!

— Virgem Maria! Que barbaridade, meu Deus!

— Você ainda não viu o melhor... Pois até os pobres dos ratos, nascidos e criados ao Deus-dará nos canos do Ribeirão, não foram mortos de surpresa? *Disque* deram combate neles, tal qual como se faz no Fandango lá das Barraquinhas. A Joana Pau-bonito, na rua da Fundição, teve de mudar-se às pressas para tocarem fogo na palhoça onde ela morava. E no meio de tudo isto quem mais sofre, já se vê, é a pobreza... Os ricos se *arremedeiam*, não s'importam que a farinha e o jabá subam de preço... Era só que nos faltava, essa doença agora!

— E você não tem medo, minha comadre?

— Eu?! Oras quais! Então você não me conhece? Até me rio dessa patacoada. Os brancos lá em casa vivem toda hora às voltas com *crioulinha*, o defumador da moda, quando nos tempos da bexiga doutor Maia mandava que se queimasse breu e mais breu e a coisa foi-se. Hoje, é um angu, uma misturada, que até parece que a gente pega a cuja mais depressa... É um reboliço, senhora! Seu Camboa, seu *Garvão*, seu Nazaré, na tal estufa, *Rezendo*, de tia Inês de *prantão* na *Ingenhe*, lá na Escola Onze de Agosto, que já nem se fecha, e muitos homens de lá já nem pregam mais olhos. Pela cidade, a toda hora, é um barulho de carro da nossa morte, e diz-se por bocas pequenas que o governo, só de carros, paga a seu *Batazá* cem mil réis por dia! O doutor que veio do Rio, disse que é *borbônica*, e também pegou; mas tem alguns doutores daqui, desses mais velhos e mais aquilatados, e ainda um outro lá da terra donde vem português pra cá, que disseram lá pros meus brancos que é febre passageira... E vive a gente nessa *dipindura*, metida nessa bandalheira... Se isto continuar — concluía —, pego nos meus cacarecos, faço a minha trouxa e vou empoleirar-me na minha terra, ou então vou pra Vargem Grande, só para ver-me livre desse baculejo, dessa patuscada macha!

— Pois eu não sabia, minha comadre, dessa doença...

— Não é coisa de maior, senhora, é andaço e mais nada. Eles são que andam com tamanho espalhafato. São Sebastião há de ser por nós, com as preces que se estão fazendo...

— Quem nos dirá que não é castigo? A igreja da Conceição fechada, já lá se vão dois anos, só de pirraça... Hum! Hum! Será o que Deus quiser... Eu lhe apareço mais tarde, minha comadre; agora vou lá em Santiago, visitar meu compadre Anastácio...

— *Entonce* adeus! Veja lá que esse Anastácio não seja algum outro Mané!

— Olha, minha comadre, você também não quer acreditar que eu já *esteje* de tempo acabado! Aquele que eu aturo já me basta...

E separaram-se.

A Eusébia encaminhou-se pelo beco do Papo-roto. Chegando ao largo do Quartel, encontrou-se com a Pulquéria, uma velha beata, sua conhecida, que fora da casa da *Catirina* Mina.[61] Descansou o balde e falou:

— *Bença*, tia *Puluquéria*? Então, vem de ouvir a sua missa, hein? Eu quero as minhas festas...

— Ah! Minha filha, venho de rezar por *nós tudo*. Anda se matando gatos à pedrada, pobres animais de sete fôlegos, protegidos de são Roque! Isto é castigo, Eusébia, que Deus está mandando. Bem frei Doroteu dizia! Os rios estão secando, já nem vapor pode viajar; a carne, nem mais se pode comer; as chuvas fazem um arreganho e tornam a sumir-se. É castigo, rapariga; são os nossos pecados... Vamos rezar pelos hereges, pelos descrentes!

— Qual, tia *Puluquéria*, que castigo, que nada; você quer é ver se pega a gente lá pro Carmo. Eu creio em Deus, que é santo velho, e é o bastante.
— Então qual é a tua opinião, minha filha?
— É andaço, não é outra coisa.
— Eu te abrenuncio se não é castigo do céu! Escuta, sua endemoninhada...
— Qual, tenho mais o que fazer. Você quer é *mi cansá*. Não se esqueça das festas do Natal...

E, segurando o balde, tomou o caminho da rua das Hortas, para a casa dos patrões, deixando a Pulquéria, no canto de Sant'Aninha, parada atônita, bestificada com a sua partida brusca, inesperada.

A beata, tornando a si, afinal, palmando as mãos sobre os olhos, com o que a sua vista, cansada, ainda lograva alcançar, divisou lá no fim da rua, a dominar o bairro infeccionado, a gigantesca torre da nova igreja dos Remédios, cercada de andaimes, com a sua cruz de três metros de altura, sob o puro anil do céu, junto ao mar vivo, que parecia haver naquela manhã estadeado a sua mais rica túnica azulínea. Tristonhamente, as mãos cruzadas no peito, exclamou:

— Gloriosa Nossa Senhora dos Remédios, agora, que a vossa igreja vai-se aprontando, não nos *desprezais*, *sejais* por nós!

Então, ouvindo o tilintar duma campainha, a velha alegrou-se: ainda se celebrava missa em Sant'Aninha.

Recompôs nos ombros o xale preto e, chererecando as suas esfrangalhadas chinelas de tapete, entrou na capela, persignando-se e deixando sair dos lábios, ciciadamente, numa explosão de fé, os murmúrios das suas preces pelos hereges, pelos descrentes.

A vida maranhense

Aqueles aduladores

Quando se gritou a liberdade no torrão brasiliano, nenhuma província festejou com mais entusiasmo e estridor a áurea lei do que o Maranhão.

Duraram mais de mês as expansões de júbilo, as mostras de alegria, de que era presa toda a alma maranhense.

O Clube Surpresa, umas das agremiações recreativas mais em voga, na época, promovera, em regozijo, um baile oferecido ao presidente da província, Moreira Alves.

Convites foram distribuídos em profusão e, nas lojas, os vendedores não tinham mãos a medir aviando a freguesia, que pressurosa se aprestava para o festival. Sedas e musselinas, *voile*, a fazenda do anel da fama, tornilhos para as saias, invisíveis para os toucados, luvas de cinco botões, tudo quanto constituía a moda do tempo foi vendido a mancheias e por bom preço, pois que ninguém se lembrava, naquele tempo, de regatear.

Na cocheira do Porto não havia mais um único carro disponível — todos achando-se alugados para transportar sócios e convivas ao belo palacete à rua de São Pantaleão, antigo Colégio dos Padres, onde o Surpresa ia realizar o seu baile.

Uma comissão de sócios, havia uma semana, achava-se instalada, noite e dia, no espaçoso sobrado, a esmerar-se numa ornamentação caprichosa e feérica.

De outra coisa não se falava, naqueles dias. Na Casa do Diabo, nos botequins do Queirós e do Hermeto, nos bancos do largo do Quartel, às portas das farmácias, por todas as rodas e centros de palestra cotidiana, a fama dos primorosos preparativos postos em prática na ornamentação dos salões do Clube era o assunto obrigatório, todos se achavam maravilhados pelo bom gosto e pela coragem pouco comuns com que se organizava aquela manifestação ao presidente da província.

✳

O Agnelo Berredo era um rapaz oficial de carpina, que trabalhava na serraria ao Desterro.

Não tinha sido treze...

A lei que extinguira o elemento servil e cuja promulgação se festejava o encontrara livrezinho da Silva, alforriado na pia batismal, na igreja do Carmo, em 68.

Dotado de regular instrução, frequentava boa roda e gozava de certa estima e afeição na sociedade, mas era dado a pândegas na cidade, em sítios nos subúrbios, nunca se lhe tendo deparado ocasião de comparecer a um baile familiar de imponência e brilhantismo tão grandes como ia ser o do Surpresa.

Rejubilou-se, portanto, no dia em que, ao anoitecer, lhe foi ter às mãos um lindo cartão impresso a cores e encerrado num róseo envelope, cartão de convite para a festa daquele Clube.

O Agnelo chegou a ficar alguns instantes banzando, a desconfiar dos seus merecimentos.

— Mas que diabo! — pensou, de que admirar? O Sant'Anna, o José Inocêncio, o Negrão e tantos outros mandachuvas lá do Surpresa eram seus amigos e que Deus era lhe enviarem um convite! Além de tudo, conjeturou ainda, agora éramos todos iguais uns aos outros. E tanto assim era que lá ia o presidente com os seus ajudantes de ordens e secretário e, sem dúvida, haveria brindes, abraços e apertos de mão. Cessara o império das bazófias, das presunções, do rei-na-barriga, do luxo a fazer curso.

E não saiu, naquela noite.

Deitou-se cedo. E sonhou, talvez, dançando enlevado, empertigado ao lado do seu par, a marchar firme no "caminho da roça" ou a ziguezaguear no "caramuje" das entusiásticas quadrilhas.

✶

No dia seguinte, muito cedo, ao encaminhar-se para o trabalho, o Agnelo entrou na loja do João Celestino à rua Formosa, e deu medida para um terno de sobrecasaca de casimira diagonal, recomendando urgência na sua confecção.

O Alfaiate aceitou a encomenda e convidou-o a dar a prova, no dia seguinte.

Na chapelaria do Vitorino, no largo do Carmo, o Agnelo fez aquisição duma cartola, que lhe foi fornecida como modelo da última moda parisiense.

E, acompanhando a maioria dos convivas, conseguiu também contratar um carro, o único que ainda havia disponível, na empresa Porto, para o conduzir ao baile.

Finalmente, estava preparado, da cabeça aos pés, para dar a letra na festa dos surpresistas.

A sua estreia seria com sucesso, parecia não restar dúvida.

✶

Dez horas da noite.

Era uma quinta-feira, a data do baile.

O Agnelo achava-se metido nos panos, esmeradamente preparado. Parecia um noivo!, dizia, ufano, a si próprio, contemplando-se ao espelho.

Aguardando a chegada da carruagem, passeava pela sala, dum lado para o outro, ensaiando a elegância para deitar nos salões; de quando em vez ia à janela, sem debruçar-se, para não quebrar o colete branco, caprichosamente engomado, e, espalmando as mãos no peitoril, observava, na rua, os transeuntes e, no céu, as estrelas a fulgurarem.

Súbito, chega apressado à casa, e vai ganhando a sala, o Ramiro, um seu amigo e companheiro de pândegas.

Essa inesperada visita embatucou deveras o conviva, pois não queria, de forma alguma, que os *seus* soubessem que ele ia passar a frequentar a boa roda, conviver com gente fina e polida. Quando o soubessem, já ele estaria de dentro, consideradíssimo.

O Ramiro, sem reparar no traje que envergava o amigo, falou:

— Então? Vens ou não?

— Espera, rapaz, estou aguardando o carro! — respondeu com entusiasmo.

— Quê?! Olé! Só agora reparo; nesse luxo e a carro, para pândega? Ah! Ah! Ah! — gracejou o Ramiro.

— Pândega de quê? Então um baile oferecido ao presidente, ao maioral da província, é pândega?

— Vais ao Surpresa?! — indagou espantado.

— Como vês.

— Por quem convidado?

— Está visto que por quem o podia.

— Duvido!

— Então ousas?

— Se esteve nas minhas mãos a lista dos convidados...

O Agnelo não se demorou em ir buscar o cartão-convite. Antes, porém, de o apresentar ao Ramiro, para desmascará-lo, confundi-lo, atentou no sobrescrito e empalideceu. "Ao sr. Angelo Barreto", rezava o invólucro, e não o seu próprio nome. Com a satisfação com que o lera, ao recebê-lo, não dera pelo engano.

Ficou estupefato, o Agnelo. Tanta labuta, tamanha despesa para, no fim de contas, ficar a ver o baile por um óculo. Era demais! Mas por que não lhe mandaram um convite!, clamava. O próprio Angelo, que ele sabia fora escravo dos Lopes, e os outros a quem foram distribuídos os convites, em que eram melhores do que ele? E, cada vez mais revoltado, apostrofava:

— E eu não poder esmagar aqueles aduladores do presidente!

E os elogios, até então feitos aos sócios do Surpresa, passaram a ser invectivas, que cresceriam desmesuradamente, se não fosse a intervenção do Ramiro:

— Ora, não te vá arrebentar a aneurisma! Despe-te dessa trapalhada e vamos daí à pândega, que foi para isso que aqui vim!

E o conviva enganado acedeu.

Num abrir e fechar de olhos, quando o Adriano Manteiga, cocheiro, fez parar o carro à sua porta, já ele com o Ramiro se achavam na casa de nhá Sebastiana, ao Caminho Grande, onde, ainda em regozijo ao Treze de Maio, os piquis comiam, os pandeiros rufavam sonoros e as harmônicas e reque-reques fremiam estridentes.

O folguedo ia animado, e os bailarinos a sapatear entre os entusiásticos que davam vivas à princesa Isabel, ao Clube Abolicionista e à igualdade.

No auge do prazer, o Agnelo não se furtava em exclamar, bamboleando-se entre a rapaziada:

— Ah, uma onça, para comer aqueles aduladores do presidente!

Pacotilha
13 de maio de 1907

O suplício da Inácia

I

No sino da cadeia acabara de soar a hora fatal, os reboantes sons vindo ferir tristemente os ouvidos de milhares de pessoas, que alvoroçadamente fervilhavam na pequena praça, para onde, desde o alvorecer, acorria de todos os recantos da cidade a população em peso para assistir à execução da escrava Inácia.

Numa confusão indomável todos se queriam aproximar do cadafalso, sedentos de curiosidade, ao mesmo tempo que se queriam afastar arredando a vista do monstro que se erguia diante dos seus olhos.

A forca, alguns esteios mal cruzados, tendo ao alto uma trave de espessura capaz de suportar o peso a que a iam sujeitar, era duma construção brutalmente acabada. Desigual e tosca, condizia com o fim que lhe destinavam.

Aquela máquina ali erguida em nome da Justiça, como instrumento da desafronta pública, era o objeto da atenção de milhares de olhos. Até inocentes criancinhas eram pela barbárie daqueles tempos obrigadas a assistir a tão tristes e horripilantes cenas, mimoseando-as, depois, os seus pais com uma surra, seguida do indispensável banho de água de sal para que essas inconscientes, com os corpinhos chagados, "não aprendessem" o que viram.

O tristonho badalejar do sino anunciara já a chegada do momento ansioso e sofregamente esperado. Chegara a ocasião de desafrontar o crime pelo crime, e a Justiça, folgando imensamente por castigar a culpada, manda ler em voz alta a sentença pela qual era a escrava Inácia condenada a expiar a pena última, e manda executar essa sentença, sob os aplausos de uma sociedade que se acha crente de que cumpriu o seu dever.

Sinos, cornetas, tambores, tilintar de baionetas, numa triste, acabrunhadora e horrível confusão, abafaram as últimas palavras que acabavam de ser lidas.

E a paciente, aos impulsos do carrasco, subia ao tablado, sob o qual os religiosos da Misericórdia, numa atitude piedosa, esperavam, com a sua redentora bandeira, o momento de com as dobras do pavilhão da caridade cobrir a miseranda Inácia, se a corda partisse.

Restabeleceu-se um silêncio monótono e tristonho, que só foi novamente perturbado quando num grito forte e estridente as palavras "Morro inocente!" retumbaram por todo o largo, ao mesmo tempo que o carrasco, destro e ligeiro, cavalgando na trave, empurrou bruscamente, violentamente, a condenada, deixando-a suspensa na corda a espernear, as mãos atadas, os olhos desvairadamente esbugalhados para o céu, a boca se estorcendo babosa e entreaberta, deixando ver os dentes que cessavam de rilhar, como que lançando um sorriso de escárnio para todo aquele poviléu, que ali acudira a presenciar os seus derradeiros momentos, tão terríveis e cruciantes!

E no meio de tanta gente que apinhava o largo, sedenta de curiosidade, só uma pessoa ria, só uma única alma não se condoía da supliciada: era o carrasco, que com um riso alvar, executava com as cordas, que lhe foram dadas pelos homens da lei, aquela sobre cujos ombros pesava um crime nefasto e ignominioso. Estava feita a justiça. E os juízes, retos, conspícuos e senhores duma provectidão nunca desmentida, tinham tranquila a consciência nunca imaculada...

II

A Inácia era escrava da família Mafra, que a estimava imensuravelmente. Como cozinheira que era da casa, esmerava-se em evidenciar o seu apurado e fino paladar nos variegados quitutes que preparava para reconfortar os estômagos das pessoas da nobre família. Ninguém lhe levava a palma num bife de grelha ou de caçarola, nem tampouco numa sopa; fosse esta de massas, de arroz ou cevadinha, ela tinha um dom particular no *savoir-faire*. E quantas famílias, ao festejar um aniversário, não iam pedir às Mafras que "emprestassem a Inácia para preparar alguns pratos"!

A esses predicados reunia a mulata uma beleza fascinante que provocava o ciúme entre os seus parceiros, que lhe disputavam a amizade. Para um deles, o Fidélis, um preto possante e de cara de poucos amigos, tivera ela um dia, pondo as mãos à cinta e fazendo ressaltar bamboleantes os seus volumosos quadris, esta resposta:

— Ixe, cacá! Tu não te enxergas, negro?! Não vês logo que eu não sou pro teu bico?! Era o que faltava: eu *mi limpá* e *infeitá* pros teus beiços de roda de carro! Não te miras?

O preto, enraivecido com a resposta que a Inácia lhe dera, na presença dos seus parceiros, que o trotearam grandemente, jurou-lhe que lhe poria abaixo as tripas se ela persistisse no inabalável intuito de não aceder aos seus rogos, ameaça esta que, todavia, não impediu que ela continuasse firme no seu propósito de resistência.

Numa tarde, chegada que foi a hora do jantar, os senhores da Inácia sentaram-se à mesa, e o chefe da família, tendo diante de si a sopeira em que fumegava cheirosa a sopa de arroz amarelenta de gordura, dividiu-a pelas pessoas que tomavam parte na refeição. Sorvido o gostoso prato, iam passar ao "cozido", quando uma criança, erguendo-se a chorar fortemente, as mãos sobre o ventre, revolucionou toda a casa.

Acudiram logo inquerindo uns aos outros o que seria, quando em cada um dos jantantes se foram manifestando as mesmas dores, agora seguidas de vômitos, que a todos iam prostrando.

— Não restava dúvida — dizia o velho Mafra —, estavam envenenados.

Seria casual ou propositaI? No primeiro caso, não sabia como explicar. No segundo, outra pessoa não se intrometia no serviço da cozinha, onde tudo estava entregue à Inácia, cuja fidelidade nunca fora posta em dúvida.

O doutor Ramos, o médico da casa, acudiu pressurosamente ao chamado, comprovando serem de envenenamento todos os sintomas e que da sopa havia partido todo o mal. Prestados que foram os mais prontos e zelosos cuidados aos doentes, socorridos a tempo de escaparem da morte, um conselho de família foi organizado, presidindo-o o médico.

A pobre Inácia, aterrada, sem compreender o que queria dizer todo aquele movimento, explodiu num choro estridulante, quando lhe perguntaram se ela pusera "alguma coisa" na sopa.

— Está aí tudo, podem ver! — respondeu soluçando, com o desespero de quem tem o amor-próprio ofendido.

Examinada a caçarola em que se cozinhara a sopa, qual não foi a surpresa causada àquela família, que tanto idolatrava a mulata, quando o médico exclamou:

— Não resta a menor dúvida. Aqui temos a prova no fundo da panela: é arsênico, e em grande quantidade!

— Malvada! Miserável! Assassina! — foram os gritos que caíram sobre a infeliz rapariga, gritos partidos dos mesmos peitos de onde, minutos antes, partiram os que a inocentavam.

E lá vieram as autoridades com os seus médicos, que procederam a um exame mais minucioso. Além dos médicos legistas encontrarem as mesmas provas que o doutor Ramos, as autoridades, rebuscando os recantos da cozinha, descobriram numa lata em que a cozinheira guardava temperos, um papelzinho contendo arsênico. Barafustaram ainda o baú de couro da Inácia, que o franqueara sem o menor vexame, como quem tem a consciência límpida e pura, e com surpresa de todos e estupefação da desventurada escrava, foi encontrado no fundo da caixa, escondido num cantinho, outro papelzinho com o mesmo veneno.

E que grande que foi o alarido que reinou naquela casa, onde até então imperavam a santa paz e a mais doce cordura! Os mais violentos impropérios foram atirados à rapariga que, de quando em vez, recobrando a razão, de joelhos no solo, os olhos fitos para o céu, assim implorava a clemência do velho Mafra:

— Então meu *sinhô mi* julga capaz de *fazê* tamanho mal p'ra *voçuncê* mais minha *sinhora* e esses inocentinhos? Tende piedade de mim!

— Foste tu mesmo, malvada! Quem mais seria? Olha a bruxa a mostrar uma carinha de santa! Cínica! Infame! Miserável! Some-te desta casa, assassina! Deus te ajuste! Raios te partam!

Foi sob este chuveiro de insultos e pragas que dois policiais, brandindo os chanfalhos, arrastaram à prisão a infeliz que, sem forças para mais protestar, nem lágrimas para chorar, com o espírito obcecado pela acusação de que era alvo, seguiu completamente bestializada, sem saber para onde a levavam.

✳

O processo foi sumaríssimo. Feito debaixo de tão irrefragáveis e esmagadoras provas, dentro de poucos dias era a Inácia pronunciada e condenada à pena capital, confirmando o Tribunal da Relação a sentença.

E ali, entre aquelas quatro negras e úmidas paredes do cárcere, a escrava procurava conceber no seu cérebro confuso quem, por espírito de malvadez, deitaria tão comprometedores papéis naqueles lugares em que só ela dominava. Como pudera lá penetrar outra pessoa, se ela não arredara o pé da cozinha, a não ser num instante em que "dera um pulo" à quitanda do Ennes, para comprar um tostão de massa de tomates? Ah! Maldita sopa! Sim, maldita, porque fora ela a causa da sua perdição, do seu torturamento, da sua desgraça, enfim!

A condenada, de gorda e bonita que era, emagrecia, enfeiava. Aqueles ondeados cabelos, que outrora ela tanto se esmerava em pentear, colocando no rodilhado cocó o ramalhete de cheirosas manjeronas e rosas de "todo o ano", ou do branco jasmim e do rescendente trevo conjuntamente a uma baunilha fresca e dum odor inebriante, estavam agora tecidos, ruços, e embranqueciam. Os seus dentes, dum esmalte brilhante que, quando ela gargalhava no açougue, causavam alucinação e despertavam o ciúme na rapaziada, achavam-se todos cobertos de um limo negro. Aqueles olhos, reluzentes e castanhos, que fascinavam, jaziam amortecidos e encovados. Enfim, tudo quanto constituía a beleza da Inácia e que fizera pulular doidejantes tantos e tantos corações, tudo desaparecera em tão curto espaço de tempo.

E quando a tiraram daquele cárcere, a mandado da justiça, essa mesma por que ela esperava para atestar a sua inocência e que, no entanto, afirmava ser ela a culpada, deixou-se conduzir com uma brandura de que só os inocentes, os justos, se revestem.

O seu confessor aconselhara-lhe que apelasse para a justiça divina. E foi crente numa justiça diversa da terrena que a Inácia se resignou, subindo ao patíbulo sem soltar uma imprecação, a não ser as duas palavras que naquele grito de dor duma alma imaculada e cheia de pureza lhe saíram do íntimo do peito, na ocasião em que o carrasco a trucidava vigorosamente em nome da Lei.

III

Passaram-se uns oito anos depois da execução da Inácia.
Sobre o deplorável fato havia já caído o véu do esquecimento.
O padre Moreira, capelão da família Mafra, foi numa manhã chamado às pressas para ministrar a extrema-unção a um escravo dos Mafras que se achava moribundo. Era o Fidélis, aquele que ameaçara de pôr à mostra as tripas da infeliz supliciada.
Ficando a sós o sacerdote e o enfermo, instantes depois saía aquele do quarto com o semblante em que se refletia qualquer coisa de anormal, de horrível. Chegou-se ao velho Mafra, pedindo-lhe o favor de penetrar no aposento do agonizante, que tinha algo de importante a revelar-lhe.
— Então, Fidélis, estás reconciliado com Deus? Que desejas de mim? — entrou, perguntando, o senhor do preto.
— Ah! Meu sinhô, a minh'alma 'stá perdida! Vou p'ro inferno... Não foi Inácia quem botou veneno na panela, fui eu!...
— Foste tu, miserável?!
— Sim, fui eu, meu sinhô!
— Então tu, coração de pedra, tiveste a coragem de ver morrer inocente aquela pobre mulher, quando o envenenador, o culpado, o infame, o assassino, eras tu?!
— Sim, meu sinhô! Fiz aquilo p'ra mi *vingá*... Eu queria tanto bem pra aquela mulata, e ela tinha tanta raiva de mim... Eu jurei que ela não seria mais de outro... Eu queria *morrê* sem *dizê* nada, mas sinhô padre mandou eu *pidi* perdão p'ra meu sinhô...

— Mas como foi que praticaste tamanha malvadez?

Então o preto pôs-se a narrar compassadamente, em voz quase imperceptível — pois que as agonias da morte lhe iam prendendo a língua —, a campanha em que ele se empenhou para "fazer mal" à mulata.

Quando ele se desenganara de serem baldados os seus rogos para conquistar a amizade da Inácia, começou a imaginar uma tramoia, que por qualquer forma comprometesse a sua inimiga. E foi para ele um "feliz achado" num dia em que o senhor lhe mandou deitar arsênico numa grande casa de cupim, que aparecera no teto da varanda da sua vivenda. No papel, que continha não pequena quantidade do violento veneno, o Fidélis viu o instrumento mais apropriado para a sua vingança. Era uma vez a Inácia!

E ei-lo ufanoso a pôr em prática os seus intentos vingativos. Deitou um pouquinho apenas no lugar em que fizera habitação a destruidora formiga e foi para o seu aposento, onde, trancado, entregou-se ardilosamente à execução do seu pérfido e sinistro plano. Distribuiu o arsênico por três pequenos papéis, tendo a paciência de os embrulhar como se da botica viessem, e aguardou que a sua parceira arredasse pé da cozinha, o que não se fez demorar. A sorte, nesse dia, era propícia aos intentos do perverso. Mal a cozinheira transpunha a porta da rua, a caminho da quitanda, e ele já, de ponta de pé, ganhando a cozinha.

Colocou primeiramente um dos embrulhos na lata de temperos; em seguida o conteúdo de outro na caçarola em que fervia a sopa, e ao passar pelo quarto onde se aboletava a Inácia, e que ficava contíguo ao dele, espreitou para todos os lados, e, não vendo pessoa alguma, dum pulo se achou junto ao baú de couro da desditosa rapariga e depositou num cantinho dele o terceiro embrulho, o mesmo que fora encontrado na busca dada pela polícia.

Terminada esta triste e horrorosa revelação, o confidente, como quem tinha aliviado dos ombros um enorme peso, suspirou e, fazendo um esforço, mais uma vez, pediu:

— Perdão, meu sinhô...

O velho Mafra, banhado num pranto comovedor, fez comunicar o fato às autoridades, que correram a ouvir a confirmação da própria boca do moribundo.

E quando todos os membros da família, que foram à presença do expirante conceder-lhe o perdão implorado, deixaram o quarto, onde já reinava fortemente o cheiro da morte, o padre Moreira tornou a achar-se junto do leito do Fidélis e lançou a absolvição à alma daquele homem, que ao expirar, comprimindo angústias lacerantes, se revelara aos olhos daquela família e dos homens da lei o autor dum crime hediondo, ignominioso, pelo qual fora injustamente supliciada uma mulher, cujas últimas palavras, antes de cair vítima do baraço da justiça, foram: "Morro inocente!".

✸

Ao divulgar-se na cidade a notícia do erro judiciário, foi uma consternação geral.

O nome da condenada era pronunciado por todas as bocas como o de uma santa. Missas em número considerável foram mandadas celebrar pela alma da que injustamente padecera a pena de pagar o crime pelo crime.

Toda sorte de penitências veio à cena com o propósito de desagravar a alma pura e límpida da Inácia, que, na hora extrema, se soubera revestir de tamanha resignação. E de todas elas a que resultou mais tocante, mais excelsamente linda e mais grandemente admirável, foi à que se entregou um dos juízes signatários da sentença que mandava supliciar a desafortunada.

O juiz, com a alma possuída dum grande terror, abandonou o seu posto de alta hierarquia na magistratura, e foi residir solitariamente na obscuridade, na pequena povoação de São Miguel. Ali, nesse lugarejo, fez construir uma capelinha, onde passava horas e horas a rezar, pedindo perdão para a sua culpa, o erro em que caíra pondo o seu nome sob uma sentença que condenava uma inocente.

Foi lá, numa casinha, defronte daquela ermida caiada, muito alva, como símbolo da paz e da inocência, que ele morreu.

Chegada a hora fatal, apenas um pouco de raciocínio lhe restava ainda, mas era o bastante para que, fazendo abrir as janelas, e girando a encanecida cabeça para a capelinha, que ele edificara com tamanho devotamento, a contemplasse no último olhar, para que o seu derradeiro suspiro lhe levasse a alma, alma dum justo que, errando uma vez, não trepidara em carpir as maiores angústias para se reconciliar com a consciência, naquele momento frágil, desfalecida, esvaída...

E com tudo o que os seus olhos podiam alcançar, o juiz arrependido expirava contemplando a sua igrejinha, cujos sinos agora plangiam lugubremente, tristonhamente.

A vida maranhense

A promessa

A Fran Paxeco[62]

No Anil estava tudo preparado, a fim de que nada faltasse ao Joca e à sua comitiva, que, no trem da manhã, aportariam àquele subúrbio. O Trancoso executava com a maior proficiência as ordens que do Alto Amazonas, donde viera há meses, recebera do seu bom amigo e compadre Joca, que, conhecendo o Maranhão apenas "pelas tradições e pela lhaneza e fidalguia do trato dos seus filhos", o visitava pela vez primeira, em cumprimento dum voto a são José de Ribamar, de cujos milagres tivera notícia, trazendo como companheiro um sobrinho e dois amigos.

O Trancoso, que recebera dinheiro e carta branca para organizar uma romaria de cuja fama se falasse por muito tempo, convidara muitos rapazes e algumas "raparigas da pândega" da cidade, incumbido o Flodoardo, residente na Maiobinha, de convidar algumas pessoas da Maioba, do Cururuca, do Paço do Lumiar e de outros lugares da Ilha, que deveriam incorporar-se à romaria em São José dos Índios ou do Lugar.

Foi contando com um regular número de romeiros na "doce e sorridente companhia do Joca" que o Trancoso encomendou ao Lourenço e ao Alziro um balaio farto e variado, no gênero do que eles preparam para a festa de Santo Antônio dos Prazeres, porém ainda mais ampliado, devendo os dois dirigir o serviço no santo lugar para que se encaminhava a romaria.

Era esse farto e variado balaio que o Trancoso acomodava da melhor maneira, num dos quatro carros que do Cururuca foram mandados pelo Xavier, tirados cada um por quatro juntas dos bois mais gordos que existiam naquele sítio.

Tudo bem-disposto, sob uma meaçaba estendida sobre a mesa do carro, e depois coberto com um encerado, que o Trancoso obtivera no armazém do Bastos, onde, na sua infância, fora caixeiro-vassoura, com o fim especial de impedir que o sol "derretesse o gordurame dos suínos", o infatigável homem passou a instalar noutro carro a bebida, a "alma de todas as festas", cuja provisão, feita na casa do Rocha, ufanava-se o Trancoso, não invejava a do baile à Esquadra, de que até hoje se admirava, com a diferença de que naquele tempo comprava-se tudo por dez réis de mel coado, ao passo que hoje era tudo pela hora da morte.

Preparado o segundo carro, num terceiro o incansável Trancoso acomodou as malas com roupas, e uma cesta em que iam algumas garrafas de "bebida branca", para se ir "molhando o bico" pelo caminho.

No outro carro iriam os dois Manezinhos e o Novaes, conduzindo cada um o seu violão, e mais algum fraco que desse o prego pelo caminho, pois tendo sido a promessa para ir-se a pé, ninguém, salvo o marreco que incorresse naquele caso, iria trepado, visto que os bois "eram de carne", explicava o Trancoso.

Estava tudo pronto. Ouvia-se já o silvo agudo da locomotiva, cujo eco vinha do lado do Cutim. Muitas pessoas que faziam parte da romaria já lá se achavam, tendo ido, diziam, com a fresca da madrugada, o que dava motivo ao Alziro para comentar tanta prontidão: "receio de perder tão piramidal festa e tão fina boia".

E aquela gente, confundindo-se com os operários da fábrica do Anil, concorria para aumentar o costumado movimento do lugar àquelas horas. Um prolongado silvo, seguido dum chiar de vapor, ranger de ferros, toques de sinetas e duma grande algazarra: é o trem que chega. E o Joca, com os seus companheiros, trajando um terno de brim pardo e chapéu do Chile, vinha no último carro, sendo logo recebido pelo Albino, que lhe foi solícito em oferecimentos.

E como o Trancoso dissesse não haver tempo a perder, por causa do sol que "vinha forte", puseram-se em marcha. Era mais quem quisesse dar explicações ao Joca, no decurso do caminho; e ele ouvia tudo mui prazenteiramente e agradecia.

Sete horas da manhã. A romaria passava alegre pelo Outeiro do Giz. Atravessaram o estirão e a ponte do Saramanta, benzendo-se o Paulo Pequeno ao passar por esta, por se haver recordado de que naquele lugar "morrera estuporado", há meses, um romeiro que se fora banhar no rio sob a mesma ponte. E avançavam, animada e apressadamente, a fim de que estivessem no rio de São João à hora do almoço.

O sol ia subindo e escaldando cada vez mais, e achava-se quase no zênite, quando descansaram sobre a ponte do rio, que estava "liso como um espelho". As suas águas, pardacentas, não impediam que nele se refletissem os ardentes raios solares. E todos, extenuados, pediam o almoço. O Alziro e o Lourenço dirigiram o serviço, comendo-se e bebendo-se fartamente.

Terminada que foi a refeição, combinaram que só partiriam às duas horas; uns embrenharam-se pela mata, outros, pela povoação; troçavam com as caboclas, embora o Paulo Pequeno os prevenisse de que elas, além de serem ariscas, tinham todas os seus donos, os quais eram "muito desconfiados".

Num banco em frente à quitanda do João Ferrador sentaram-se os dois Manezinhos, o Novaes, o Leopoldo flautista e outras pessoas; o Paulo Pequeno, cujo fraco é cantarolar e recitar, sinalou ao Novaes e ao Leopoldo, e, num súbito arrebatamento de êxtase, chamando do fundo da sua recordação trechos da lenda de são José de Ribamar, que, escrita por Gentil Braga, ouvira dizer que corria impressa nas *Três Liras*. Não lhe compreendera bem o sentido, mas naquele momento apareceu-lhe uma clareza luminosa, e pôs-se a cantar:

> Se aí fordes sozinho algum dia,
> Tendo alguma promessa a cumprir,
> Bem fareis a fiel romaria,
> Nada, nada tereis que sentir.
> Levai cera, não crua, mas benta...

Já o sol "havia quebrado". O Trancoso verificando se estava tudo em ordem, não se esquecendo das velas que, com os "baques do carro", puseram-se de novo em marcha. Às quatro horas da tarde chegavam a São José do Lugar ou dos Índios; pararam apenas o tempo necessário para "beber água" e fazer as apresentações ao Flodoardo, que com a sua gente, umas seis pessoas, ali aguardava a romaria a que se ia incorporar, seguindo todos, para entrarem no santo lugar ainda com dia claro e sem confusão.

O Flodoardo fizera-se logo amigo do amazonense, informando-o detalhadamente de todos aqueles sítios e caminhos que ficavam às margens da estrada. Indicou-lhe o caminho que ia ter ao Pau Deitado, sítio em que a Amância, de parceria com o Rodrigues Pagé, exercia a profissão de curandeira, e concluía:

— Muita gente boa, e só da cidade, tem pisado este caminho, senhor meu. Só da cidade, é preciso que note, pois que, se nhá Amância, pra viver, fosse atrás de gente cá destes sítios, então... já tinha morrido de fome.

O Joca trocou algumas palavras em que exprimia a sua dúvida sobre se haveriam doentes que deixassem os facultativos por uma curandeira, o que fez que o Flodoardo retorquisse:

— Ó homem! O senhor nem parece ser do Amazonas, a terra da bruxaria, de onde "se vem descascando". Acredite no que lhe digo: muita gente boa e ilustrada, da cidade, tem pisado o caminho do Pau Deitado pra fechar o corpo!

O amazonense, não querendo levar longe a discussão com o Flodoardo, mudou de conversa, passando a lastimar a pouca largura da estrada por que seguiam. E andavam. Passaram o Miritiua, a entrada do sítio do Apicum, a Moropoia, e debaixo dum frondoso cajueiro descansavam, sacudindo-se do pó, para não entrarem no arraial "naquele estado". O Leopoldo flautista trepou no carro em que iam os dois Manezinhos e o Novaes, e, formada a orquestra, executava a valsa "Moropoia". E assim entravam no arraial.

São cinco horas e meia da tarde. Era o mês de novembro, em que são frequentes as romarias a Ribamar, quer por terra, quer por mar. As praias estavam literalmente cheias de barcos, que haviam conduzido os romeiros do Rosário, de Alcântara, de Guimarães e da "outra banda" (Munim, Icatu, Manga, Morros). Esses romeiros, em número avantajado, concorriam para o desusado movimento do subúrbio. Da capital mesmo era grande o número de famílias que tinham ido reconfortar-se com os banhos salgados.

Foi por entre grande multidão, que se alvoroçou com o chiar dos carros da roça, os sons harmoniosos da orquestra e os festivos repiques, ritmicamente impulsionados pelo João Miranda, anunciadores da chegada da romaria do Joca, que este e a sua comitiva passaram radiantes, sem cumprimentarem, pois, dizia o Paulo Pequeno, o primeiro dever a cumprir era ir à igreja. O grosso da multidão encaminhou-se atrás dos romeiros que chegavam, ao mesmo tempo que os curiosos perscrutavam os carros, donde se exalava um picante cheiro de assados e bebidas.

O amazonense entrou na ermida, e fez uma ligeira oração, guardando-se para, no dia seguinte, em que realizaria o pagamento da promessa, visitar a igreja minuciosamente. O Trancoso, auxiliado pelo Lino, o ermitão, já havia preparado agasalho, destinando-se a Casa-Grande para o Joca, o sobrinho, os dois amigos, o Paulo Pequeno e ele, Trancoso. Os demais abrigar-se-iam por outras casas, para o que o Alziro, que era amigo do Tiago, o inspetor do quarteirão, tomara as providências precisas.

O crepúsculo deixa já cair lentamente as suas cores indecisas sobre um calmo campo, onde jaziam inúmeras moitas de mato seco, que, devastado pelas enxadas e pelos facões, aguardavam a ocasião da queima; o dia agoniza docemente no delicioso sorriso da noite que desce.

Do campanário, alvo e esguio, partem as vibrações do sino, que soa a Ave Maria; um sino de voz cansada, de timbre um pouco triste, que acresce a melancolia da tarde tranquila, apesar do João Miranda querer torná-la festiva.

A fadiga da viagem fez que, servido um ligeiro jantar, adormecessem todos muito cedo.

Alvorecia. Manhã brilhante, ainda alumiada por uma argêntea fita lunar. Ouve-se ao longe o chiar dos carros da roça. E o mesmo sino, que na véspera bimbalhara com tristeza, matinava agora alegre e festeiramente. As portas e as janelas abriam-se apressada e atabalhoadamente, e no adro era uma invasão enorme, sedenta de curiosidade. À porta da Casa-Grande apeava-se do seu soberbo cavalo um frade capuchinho, que vinha para celebrar os atos constantes do voto do Joca, o que concorreu para continuar a despertar a curiosidade da multidão pela romaria do seringueiro. Aquele homem, comentavam, que ia pagar uma promessa com tão grande pompa e com tamanho aparato, não era, certamente, nenhum João Ninguém. E os mais sôfregos em saber da verdade foram ter com o Lino, que os informou satisfatoriamente. Então, foi uma leva constante de visitas ao Joca, empenhando-se todos com o Trancoso e mesmo com o Lino para uma apresentação.

Chegara a hora da missa, o primeiro ato por que o amazonense ia demonstrar o seu reconhecimento ao milagroso santo. A ermida estava cheia. A caboclada da vila e os romeiros que atravessaram do lado do Munim não se queriam misturar com a gente do Joca, por um instinto de respeito ao voto deste. E o Raimundo Papudo, escrivão na vila da Manga, imaginando e pondo em prática essa resolução, assim concluía:

— Não nos devemos aproveitar das graças que sobre o ilustre senhor Joca cairão dos céus.

Também era essa a opinião do Trancoso, do Paulo Pequeno e do religioso Quintino, da vila do Paço do Lumiar.

Da família do Mafra, lavrador no Icatu, três moçoilas haviam se oferecido para acompanhar a missa a órgão; e o Trancoso sugeriu a ideia da missa ser cantada. Sendo um só celebrante, para o não fatigar, cantar-se-ia a missa do "Dom Ratinho", duma bela execução, em que o seu autor pusera o que de "mais puro e suave ia na sua alma" quando a compôs.

Ao começar a cerimônia o capuchinho teve que ouvir do Lino a triste, mas verdadeira, confissão de que ele "não sabia ajudar a missa", nem rezada, quanto mais cantada. O oficiante, porém, foi salvo da melindrosa situação em que o meteram pelo frei Lucas, um rapaz da comitiva, que tomou o lugar do Lino. Chamavam-lhe frei por haver aprendido a tocar harmônio com um frade, e ainda por ser muito religioso.

Houve comunhão, concorrendo ao banquete espiritual, com gáudio do Paulo Pequeno, do Quintino e do frei Lucas, que também comungaram, dezenas de pessoas. Terminado o santo ofício, o capuchinho fez uma ligeira prática, terminando por exortar os fiéis a seguirem o exemplo daquele amazonense que, rico de dinheiro e mais ainda de fé, viera de tão longínquas paragens, numa "santa e doce peregrinação", agradecer ao milagroso santo o ter satisfeito os seus desejos.

O Paulo Pequeno, maravilhado, segredou ao Trancoso que "sermão como aquele", só pregava o frei Doroteu, na igreja de Santiago, isto em "tempos que não voltavam mais".

Era uma mostra geral de alegria em todos os rostos, sendo o Joca alvo da contemplação de todos. E enquanto, na sacristia, o capuchinho se desvestia dos hábitos cerimoniais, o amazonense, no adro, distribuía esmola aos pobres. O Atanásio, um habitante do lugar, aproxima-se nessa ocasião do Joca, e, rendendo-lhe homenagem em frases engrossativas, convidou-o para padrinho dum barco de sua propriedade, que naquele dia, à tarde, seria lançado ao mar, ao que o seringueiro acedeu, "com muito prazer", disse meigamente.

O Trancoso, que havia ido esperar as cantoras no patamar da escadaria do coro, cumprimentou-as pela beleza da voz e, revelando-se um dos mais prestantes mortais e oferecendo-se "para o que quisessem", disse que quando qualquer delas se casasse, ele estava pronto para "levar as almofadas à igreja".

O sol era já abrasador. E não permitindo o santo lugar, despido de árvores, que se estivesse agora ao ar livre, o Trancoso lembrou já serem horas do almoço. Encaminharam-se para a casa que haviam destinado exclusivamente para nela se servirem as refeições. Era logo junto à rampa, uma espaçosa casa de propriedade da Joana Passos, que a cedera ao Trancoso, seu compadre.

Já o Alziro havia preparado a mesa com todos os requintes. Sentaram-se os maiorais da comitiva, o Joca tendo aos lados o capuchinho, o frei Lucas, que o acolitara na missa, o Tiago, como a primeira autoridade do subúrbio, o Atanásio, o novel compadre do amazonense, e as três moçoilas que se haviam oferecido para cantar na missa. As outras pessoas não tinham lugar especial: era à vontade, dizia o Trancoso.

O Lourenço, esmerando-se por levantar cada vez mais a sua fama na arte culinária, apresentara um extenso cardápio, de que se destacavam dois pratos: "lombo de porco à Amazonas" e "fritadas à italiana", como homenagem ao Joca e ao capuchinho. O Alziro preparara uma "salada à maranhense".

E o almoço corria por entre conversar sobre múltiplos assuntos. O Joca elogiava a cozinha maranhense, só lamentando a ausência da sopa de tartaruga, o prato predileto da sua terra. O capuchinho não tinha razão de queixa, pois, dizia ele, bebendo aquele vinho Barbedo e comendo aquele macarrão de forno, preparado com tão bom paladar, experimentava uma "doce recordação" da sua pátria, que deixara para vir, no sertão maranhense, servir a Deus, o que não fora, acrescentava, reconhecido por "aqueles infelizes selvagens" que massacraram, no Alto Alegre, os seus irmãos e amigos. E fitando os céus, dizia:

— *Il Ministri de Cristo se stesso per propagare nella do mon religione, e tu, o popolo, sacrifica il mondo per conservarla in te stesso.*

Ia animada a prosa num banco em frente à casa, transformada em refeitório. Tinham-se servido já umas duas ou três mesas. O Alziro convidava todas as pessoas para entrar e comer "sem cerimônia", que não se iria deitar à praia o que poderia "acamar-se no estômago".

Entardecia. E o Atanásio lembrava ser chegada a hora do batizado do barco. Encaminharam-se todos para a praia. Já lá na frente do povo, que ia assistir à cerimônia, estava o Lino, tendo no braço a sobrepeliz e a estola do capuchinho e a caldeirinha de água benta com o hissope.

O Atanásio, dirigindo-se sorridente ao Joca, pediu licença para apresentar-lhe a Chica do Roxo, a madrinha do barco, a sua comadre, portanto. A Chica, para aquela cerimônia, estava "metida nos panos", como comentava o Tiago. Com uma saia de barra, camisa rendada, xale de seda, cordão de ouro de três voltas ao colo e africanas tremeluzindo nas orelhas, tinha nas mãos, "só por compostura", uma rica toalha, que somente servira uma vez — no batizado da sua neta Martinha. No meio da cerimônia o Alziro irrompeu da multidão com uma pequena garrafa de rótulo dourado, as "seis espécies" da adega, entregando-a ao Joca. Desamarrado o batel, devidamente aspergido, o amazonense, com mão certeira, sacudiu a garrafa à proa do *Flor dos Mares* (era esse o nome do barco), que deslizou contornando a parte da costa em frente à ermida, galhardamente enfeitado, o Atanásio ao leme, como um triunfador, e a tripulação erguendo vivas ao "sinhô são José", aos padrinhos, ao Amazonas, à classe marítima, e voltou direito ao ancoradouro.

Anoitecera. E os sinos badalavam chamando os fiéis. Ia-se cantar uma ladainha, promessa de Atanásio, em regozijo ao batismo do novo sulcador dos mares. Logo atrás do capitulante genuflexavam-se o frei Lucas, os padrinhos e o dono do *Flor dos Mares*. A ladainha foi rezada por entre o mais religioso silêncio, o Atanásio esforçando-se por tornar saliente a sua voz no *Ora Pro Nobis*.

Era dele a promessa, dizia, e ninguém mais do que ele tinha obrigação de orar.

Terminada a ladainha, promessa do Atanásio, rezou-se, acompanhada a harmônio, outra, da promessa do Joca. Terminado o ato, reuniram-se defronte da Casa-Grande tocadores de harmônicas, reque-reques, pandeiros e violas. Os dois Manezinhos e o Novaes, tomando o "lugar de honra", no alpendre, à direita da residência do Joca, dedilhavam nos violões e no cavaquinho com maestria, e o Leopoldo esforçava-se por tirar as mais "agudas notas" da sua flauta. Fizeram-se fogueiras, acenderam-se "cabeças de breu", que, na opinião do Trancoso, com a sua luz mesmo fumosa supriam a falta de luar.

E o Joca, cachimbo no queixo, esticado numa cadeira de lona, contemplava extasiadamente aquele folguedo. Dançava-se "familiarmente". Corria a verdinha, munim, jenipapo e, do barril de décimo dum bom Collares, encanteirado junto ao alpendre, sorvia-se a "preciosa pinga" que o Cantídio, sobrinho do seringueiro, já um "pouco timbrado", distribuía franca e insistentemente.

Ia entardecendo e os folgazões já se iam numa debandada geral, deixando o ambiente saturado dum acre cheiro de álcool.

No dia seguinte, logo cedo, o Joca dirigia-se à igreja, para visitá-la minuciosamente, acompanhado, além da comitiva, pelo Lino e pelo Mariano, um antigo residente do lugar, que lhe iam prestando as devidas informações.

O Mariano fizera ao seringueiro um muito rápido histórico sobre a ermida, outrora muito danificada, sem torre e sem frontispício, que eram agora novos, um padrão de "arquitetura bizantina". E o amazonense admirava no interior do templo: os quadros de fina pintura, vindos da Alemanha, representando a vida do orago; o púlpito de ferro, "esmerado trabalho" do Zé Tomás; o candelabro que pendia do centro da igreja, oferta duma devota, e os quadros representando a Sagrada Família. E, à proporção que ao Joca e à sua comitiva iam sendo feitas essas narrativas, o cumpridor do voto ia de altar em altar genuflexando-se ligeiramente.

Chegando ao altar-mor, onde se erige a Sagrada Família, o amazonense demorou-se numa prece, em que o balbuciar sobressaía aos estalidos das velas que ardiam no círio e ao crepitar do azeite da lâmpada. Depois de permanecer muito tempo nesse recolhimento religioso, o Joca ergueu-se, tirou da carteira um envelope, que depositou na salva de prata que fica sobre o altar. Em seguida transportaram-se à sacristia, a observar "os milagres". Foi o Lino quem os introduziu.

Na primeira sala havia um grande número de pequenos barcos de buriti, feitos com esmero e arte; carregados de velas de cera, vinham de diversas partes da Ilha, impelidos pela correnteza; pequenas caixas de papelão, com cartas em número avultado, que, por "ordem do vigário", eram queimadas à proporção que se iam acumulando. Encerrava a maior parte delas pedidos a são José para "um bom casamento", outras para "fazer fulano se casar" com a missivista; ainda outras solicitando do milagroso santo a "tranquilidade no lar"; outras, enfim, com um chorrilho de asneiras.

Passando à outra sala, ali a vista confundia-se diante da porção de objetos de cera, desde a de cor mais alva até a mais amarela. Havia, pendurados nas paredes, modelos de todos os membros do corpo humano: braços, mãos, pernas, pés, dedos, orelhas, seios, narizes, cabeças. E o Lino, indo ainda buscar outros, que estavam encerrados em baús, continuava a informá-los:

— Pessoas doentes, de tal ou qual parte do corpo, prometem, se ficarem boas, trazer o modelo em cera "para o santo".

Também havia: caixões de velas de todos os formatos; grande número de garrafas de azeite de mamona e de coco destinado à lâmpada; uma camisa de flanela azul, com que um devoto naufragara, além de outros muitos objetos que ainda havia nessa sala. Tamanha quantidade de cera era o total do que entrara por "aqueles dias". De tempos a tempos, informava o Lino, mandavam-se para a cidade caixões e mais caixões, cujo produto da venda era aplicado na "despesa com o culto". O Joca fez pesar algumas libras de velas e, pagando-as, pediu que as acendessem conjuntamente às que trouxera já.

Terminara a visita ao templo. E o amazonense, depois de agradecer ao Lino as informações que lhe prestara, retirava-se, dizendo ao Trancoso admirar-se como o ermitão explicava as proveniências daqueles "milagres", como e quando lá chegava, tudo minuciosamente, e, no entanto, não sabia "ajudar à missa"! Era isso o que "mais o intrigava".

Chegara a hora do almoço. O Atanásio havia levado ao sinhô compadre Joca dois grandes camorins, um preto e o outro branco, que o Lourenço preparou logo: um, recheado e assado no forno, "camorim à *Flor dos Mares*"; outro, em postas, foi frito e, em escabeche, guardado para a "volta da romaria".

Já o sol havia "quebrado mais", quando o Trancoso disse achar conveniente reencetar as visitas aos lugares que ele reputava mais importantes.

Começaram pela nova igreja, cujos trabalhos de construção, que só duraram quatro meses, estavam paralisados. O Mariano explicava que naquela área, de trinta e cinco metros de comprimento sobre onze de largura, onde se erguiam paredes de três metros de altura, se via um sonho que, "para muitos", seria irrealizável. E lamentava a falta de gosto dos maranhenses, que não se esforçavam por seguir os trabalhos daquele templo, que, concluído, seria o mais belo do Maranhão e um dos mais lindos "padrões arquitetônicos do Brasil".

— Os nossos templos — continuava ele —, edificados sem a mínima preocupação de estilo, apresentam um barroquismo só compatível com o estado de ignorância dos tempos que se foram. É tempo já do Maranhão ser dotado com alguma coisa que o recomende em matéria de arte, o Maranhão tão ilustre pelo mérito literário dos seus filhos.

E lastimava não ter tão "tradicional terra" nenhum edifício que nesse particular o recomendasse, a não ser algumas fábricas de fiação.

— É preciso — dizia ainda — que deixemos de atestar tristemente o nosso gosto artístico e os nossos sentimentos estéticos, conservando aquela velha igreja acaçapada — e apontava para a ermida — e deixando que se perca o que já está sólida e artisticamente feito nesta. Mas felizmente, concluiu, daqui sairá um monumento sublime e sem igual entre nós.

Visitaram o cemitério velho, em que se suspenderam os enterramentos, havia pouco, por insuficiência de tamanho, muita proximidade da igreja e má colocação; e, em seguida, visitaram também os dois poços: o da Saúde e o de São José, este, de água potável e aquele, de água mineral. Dirigiram-se ao cemitério novo, a duzentos metros do arraial, que causou admiração ao Joca pela "simetria" e pela limpeza.

Nesse mesmo dia, pela manhã, chegara a Ribamar, na sua excursão mensal, o Zé Lins, o "infatigável" membro da comissão da Santa Causa das Águas. Fora ele quem convidara o amazonense para uma visita a Moropoia, "às belas fontes". E o Joca, com a sua gente, deixando os poços e os cemitérios, chegaram a uma porteira, onde se via gravada numa coluna a inscrição: "Romeiros! Entrai e admirai os vastos reservatórios das belas e cristalinas águas!".

Já o Zé Lins lá se achava, aguardando a inspeção. E acompanhou-os, informando-os de tudo, o mais minuciosamente possível. Começou historiando a constituição da empresa da Santa Causa, na casa do Arthur das Virgens, à Fonte das Pedras; "a exposição do magistral cofre" na praça do Mercado, a célebre "carta-animadora" dum honrado negociante, a construção dos reservatórios e a quantia nela despendida, a "solene inauguração" do primeiro deles, precedida de "bênção eclesiástica" e, depois, a distribuição de imagens, garrafinhas d'água do reservatório, pães, todas essas cerimônias "acompanhadas de orquestra". E disse, ufano:

— Já se fez muito, se comparamos com as obras da igreja dos Remédios, que não dão sinal de vida.

Explicava ao Joca que da própria Amazônia viera "muito auxílio espontâneo", e a isso se devia o adiantamento das obras dos reservatórios. Só faltava agora o encanamento, que levaria água ao arraial, o qual já poderia estar pronto, se não fosse o "lado econômico" por que a comissão levava a empresa. Quer esta que o referido encanamento seja de calhas de cantaria que "durarão séculos e séculos".

Num cofre, colocado em frente a um dos reservatórios, tendo por baixo a inscrição "Quem neste cofre um vintém botar, são José o há de ajudar", o amazonense, com gáudio do Zé Lins, colocou o seu óbolo. O Zé Lins continuou a prestar informações ao romeiro, e dizia-lhe sorridente:

— Não parta, senhor, para a sua terra, sem ir admirar o "magistral cofre", na cidade, em casa dum dos mais distintos membros da comissão. É uma obra de arte, em que o mérito do artista se revela admiravelmente. Construído especialmente para visitar os maranhenses residentes em outros Estados, aguarda para isso a ocasião oportuna. Há também o "cofre infantil", que visitará proximamente o interior do Estado nos "lugares ribeirinhos".

O Joca, já um tanto fatigado, pediu licença para retirar-se. E o Zé Lins continuava a falar aos romeiros:

— Temos trabalhado, senhores, temos trabalhado com afinco. *Labor improbus omnia vincit*, sem dar valor às dúvidas de uns, à incredulidade de muitos e até aos sarcasmos de outros, a comissão tem seguido impávida. E muita coisa temos conseguido. Venha de todos o fraternal concurso! Haja justiça e faça-se a luz! A César o que é de César! E teremos tudo.

E transportadamente, num indomável júbilo, rompia de salto a espalmar a mão sobre o ombro do amazonense:

— E que bela paisagem! O Colíbria, que aqui veio, fotografou-a e vai cenografá-la.

— Coliva, Coliva, seu Zé Lins — emendou o Trancoso.

— É Colíbria o nome, senhor! É italiano! E a pronúncia...

— Qual o quê! Você, como impingiu latim, quer ver se impinge italiano. Coliva é que é o nome.

— Bom, bom, já não está cá quem falou.

E saíram do sítio. O Zé Lins chamando ainda a atenção do "romeiro amazônico" para os reservatórios, que eram divisados de longe, dizia:

— Querer é poder! Edificante exemplo! Venha de todos o fraternal concurso e teremos a Santa Causa triunfante!

Deixaram o sítio, tendo o Zé Lins prometido ir jantar com o Joca, e que então conversariam à vontade.

✳

O Alziro e o Mariano sugeriram a ideia dum carimbó "para aquela gente se divertir". Já o seu compadre Geraldo havia cedido a casa, que dispunha dum enorme avarandado, e a rapaziada estava avisada. Chegada a hora já era impossível ter-se entrada nas "quintas do Geraldo", como chamava a casa deste o Mariano. Dançantes, convidados ou simples espectadores, acotovelando-se pelos corredores, interceptavam a entrada, pelo que o Joca, o chefe da romaria, e em honra do qual se fazia agora a festa, teve que entrar, seguido da sua comitiva, pela casa do Florêncio, cujos fundos eram comuns com os da do festejo.

Nenhum conviva mais faltava, e o Mariano, que dirigia a função, prevenia ser chegado o momento de dar-se começo a ela.

Os dois Manezinhos, com os seus violões, o Novaes, com o cavaquinho, o Leopoldo flautista e outros amadores afinam cândida e caprichosamente os seus instrumentos. Principia a execução. A primeira pessoa a pular na roda é a Malvina, que, com uma saia de chita cor-de-rosa, muito rala, apresentava toda a sua nudez venusta e perfeita. Em seguida salta o Alziro, que, batendo palmas, "para animar a coisa", deslumbrado e aturdido, já não se satisfazia em galantear a Malvina. Rebolava-se todo para a Carlota, que, antes de entrar na roda, dissera baixinho ao Novaes que "apimentasse o caroço". E, cantando dulçorosamente, reuniu-se ao Alziro e à Malvina.

— Esquenta, minha gente, esquenta! Requebra quarto, finca pé! Gostoso, gostoso! — animava o Rubem, agora reunido à trilogia dançante.

O João Eleutério, atoado, doido e inquieto, arremessou ao centro da roda uma colher de pau. E o Alziro, vendo-a, entoou:

> Ajunta *culhé* do chão
> (Coro) Seu canção!
> Quebra o cangote grosso
>   Seu colosso!
> Requebra co'os quartos bem
>   Ó meu bem!
> ....
> Ajunta *culhé* co'a boca
>   Minha *cabôca*!

A Malvina, depois de muitos requebros, em que pusera à mostra todos os contornos dos seus quadris, erguera-se firme com a colher presa à boca. Foi então um chuveiro de palmas e hurras, e os dois Manezinhos também cantavam extasiados. O manifestado, diante daquilo, estava arrebatadamente inflamado, e também bamboleava ritmicamente. O Trancoso sinalava ao Lourenço que "corresse a pinga". E ao Joca dizia ser a cachaça o "sustentáculo de todas as pândegas".

A Rita, uma cabocla dos Perizes, com uma saia de chita roxa, casaco mandrião, caindo-lhe os cabelos ao longo do sulco dorsal, numa trança cingida por um laço de fita verde, que, dizia o Euclides Curuassú, "parecia periquito quando no leilão", era o alvo da curiosidade com os seus requebros e dengues.

E o samba prosseguia animada e estardalhadamente. Dirigia-o agora o Felício Cabrito, um rapaz cuja fama nos carimbós transpusera os limites da sua terra. O homenzinho gritava tonitruantemente:

— Cerra, cerra, rapaziada! Entrem, minhas mulatas! Nada de acanhamento, cada um mostra o seu serviço!

E puxava pelos braços a Coló e a Leonarda, que, obedecendo-lhe, entraram, e dançavam, graduando progressivamente o rebolar. O Felício, batendo nas mãos o compasso ia dizendo:

Descaroça, minha nega
(Coro) Estou descaroçando!
Coça o tio do lombo
P'ra *tirá* calombo!

E a Roberta, do São Simão, com os olhos injetados de sangue, e o suor a escorrer-lhe gotejante pela fronte, num supremo arranque de entonação, conseguia fazer sobressair naquela delirante festança a sua frágil, porém segura voz no

Nega você não *mi* dá
(Coro) Eu dou!
Eu aqui não tenho *sinhô*!
Eu dou!

Outras pessoas iam tomando parte no folguedo. Agora uma sarabanda boleada de quadris, num desbragado porfiar, causava a admiração e o júbilo do Joca, que, sentado no parapeito do avarandado, esfregava ruidosamente as mãos e bamboava as pernas. O festim seduzia-o com uma violência abrasadora.

A Malvina, toda torcendo-se em denguices, fugindo da roda e acompanhada pelo Alziro, por sua vez seguido pelos olhares dos curiosos, vão embrenhando-se pelo espesso matagal, existente no fundo da casa. A Puluca, com uma garrafa sobre a cabeça, e a Luiza, que deixava ver os seios impudicamente desabrochados no decote, e a Amália da Barreira, ocupam o centro da roda.

E o Chico Bordão, um quinquagenário, lembrando-se dos seus tempos, cantava sonoramente o

Cincinato, abre os olhos
Não deixa a polícia *sabê*
Que na tua casa dança
Negrinha de *cruasê*

A animação da dança tocava ao auge, quando se ouve uma grande assoada, vinda do lado da estrada geral. E era um debandar infrene, quedas, gritos de: Socorro! Acudam! Fujam! Aí vem o homem! Corram!

Era o Antônio Neves, que, evadido da cadeia da capital, se internara na Ilha, causando terror por onde passava. O homicida, diziam, acabara de perpetrar novo assassinato na pessoa do Manuel Maria, um encanecido caboclo que morava sozinho numa palhoça, na Moropoia; e agora, doida e esbaforidamente, corria a bom correr pelo santo lugar, empunhando uma faca ensanguentada. E do meio daquela multidão não partia uma pessoa que se dispusesse a desarmar e prender o delinquente, que desaparecera, encaminhando-se, constava, lá pra bandas do sítio do Apicum.

Só depois de se ter a certeza de não estar mais naquele sítio o criminoso foi que o Tiago, sentindo a sua autoridade de inspetor de quarteirão "desmoralizada", com a voz estertorada e o olhar torvo, perverso e ameaçador, dizia querer ir ao encalço do Antônio Neves. Os companheiros opunham-se. Intimamente sabiam que o "medo por todas as juntas" constituía o apanágio daquela autoridade modelo.

— Não vê — relutava — que eu fico desmoralizado?! Ou prenderei o touro, ou não serei mais autoridade aqui!

Depois de muita insistência, o Tiago cedeu. Não iria expor a sua vida, concordava, na captura dum perdido, dum endemoninhado!

No arraial a tarde descia lentamente, mansamente. E os ruídos do tumulto vão-se pouco a pouco extinguindo. Poucas pessoas eram vistas. Anoitecia. O santo lugar adormecia já docemente entre os últimos fogos do dia, que lhe punham na fronte uma coroa de ouro.

E quando do campanário, alvo e esguio, partiram as vibrações do bronze, plangendo o Angelus, o sino, de voz cansada, de timbre um pouco triste, fez crescer a melancolia no espírito dos festeiros, que se recolheram a dormir, tomados do medo, do terror que ali reinava, ao mesmo tempo que uma salmodia, lenta e monótona, partia do silêncio da capela ensombrada pela queda do dia.

✳

À tarde cheia de alegria sucedera uma noite triste, silenciosa e até inquietadora. O medo imperava naquele subúrbio dum modo indescritível.

O amazonense e a sua comitiva recolheram-se. O Zé Lins não tendo aparecido para jantar, como prometera, tomaram uma ligeira refeição, que correu friamente, e deitaram-se. Todos conciliaram o sono, menos o Joca, que, farto de coragem e inquieto, ingeria cálices e mais cálices de *cognac*, a ver se lhe abrandavam a violenta crispação de dor. Via naquele "desastre" um mau prenúncio à sua vida, até então sempre feliz. E culpava o Alziro e o Mariano, que "tinham inventado o tal carimbó". Fora, com certeza, dizia, castigo do santo, "por aquela profanação". E, assim pensando, sacudiam-no tremuras de frio, e ele passeava desencontradamente, agitadamente pelo aposento sem saber mesmo o que tinha, o que queria.

Tirou-o dessa aflição o capuchinho, o qual regressava da palhoça em que houvera a terrível tragédia de sangue, tendo ido dar a extrema-unção à vítima do famigerado Antônio Neves, a qual, na ocasião em que este lhe vibrara a mortífera facada, caíra sem sentidos; tornando a si, quando já todos o julgavam morto, pedira que desejava confessar-se e perdoar ao assassino. Vieram então chamar o frade, e este, ao chegar à palhoça, achou o moribundo, que já não falava, em estado de só ser ungido.

O capuchinho dissuadiu o Joca das apreensões que se lhe haviam incutido no cérebro, e recolheram-se ao leito. O Joca dormia sossegadamente, enquanto o frade, de minuto a minuto, ia sorvendo o *cognac*, cuja garrafa o seringueiro deixara a menos de meio. Terminada esta, passou para uma outra, de munim, esvaziando-a também. E depois roncou.

✸

Alvorecera. Era o dia do regresso do Joca e dos seus companheiros. Já os carros da roça estavam sendo carregados de bagagem, e os animais a postos, para serem atrelados. No fundo da bela baía de São José, do lado dos Mosquitos, avista-se um fumo como que partindo dum vulcão.

— É vapor! É vapor! — gritaram todos alegremente.

Foi um reboliço extraordinário. O Joca, que no seu íntimo estava receoso de encontrar-se no caminho com o Antônio Neves, ficou radiante de satisfação. Estava resolvido: despacharia os carros e iria por mar; quem quisesse ir por terra, acompanhando o Flodoardo com a sua gente, que fosse. Ele é que "não era lorpa". Fez que o Trancoso providenciasse para as bagagens irem seguindo para a rampa.

E o vapor, aproximando-se, silvava estridentemente. Fundeou. Havia voltado do Icatu, e como tivesse de aguardar o "reponto da maré", no Estreito, os passageiros lembraram ao comandante que mais valeria ir até aquele santo lugar, donde partiria quatro horas depois. Estas informações foram dadas ao Trancoso pelo Feitosa, maquinista que havia ido à terra comprar melancias.

Trataram logo do embarque. E o capuchinho, que, com o *cognac* e a munim, tomara uma tremenda carraspana, não se queria levantar. Foi com muita relutância que tal conseguiram, e foi quase arrastado que o frade entrou na ermida, onde balbuciou ligeiramente a sua prece, seguindo para embarcar entre os braços do frei Lucas e do Paulo Pequeno. Todos se riam do caminhar trôpego do frade; até os dois Manezinhos e o Novaes, cegos, consideravam, gaudiamente, "com que cara estaria o frade". Já estavam todos na rampa, quando deram por falta do Alziro. Esperaram ainda um bom tempo; mas, fazendo-se tarde, seguiram para bordo, todos concordes em que o "prestável rapaz" partira por terra.

O vapor deslizava calma e serenamente pela vasta baía, o frade vendo na coagulação de barcos, que nela havia, gôndolas nas praias italianas. E o Alziro, com grande satisfação dos romeiros, aparecera também a bordo entre eles. Fora o primeiro a embarcar, assim que o vapor fundeou. Ainda tinha recordações, dizia, da carreira que o Torquato Milhão lhe dera, e do susto que a Manguda lhe causara. Por isso, sabendo que o Antônio Neves errava pela estrada, não se iria expor a dar uma terceira carreira, ou — quem sabe? — a ter a mesma sorte do pobre velho Manuel Maria, da Moropoia.

Enquanto iam todos satisfeitos no veloz barco, o Atanásio, o Mariano e o Tiago, na rampa, contemplavam-no a fumegar, já quase imperceptível. E o Flodoardo, com a sua gente, tornava ao seu "cantinho", de onde, dizia, não sairia tão cedo, temendo a faca do Antônio Neves.

Boletim dos Novos
3 de novembro de 1903

Entrudo e penitência

Naquele ano, a civilização ainda não trouxera até aqui o confete, a serpentina, o lança-perfume. A bisnaga perfumada e o pó dourado reinavam nos salões pelas mãos da petizada garrula e das moçoilas retraídas, de educação quase monacal.

Mas o Zé, o grosso povo, esse era todo empolgado pela folia, num devotamento fetichista ao deus Momo, a quem se entregava de corpo e alma nos três dias de sua glorificação.

No Domingo Gordo, amanhecia a cidade toda alvoroçada aos estrepitosos batuques tamborinos e à grita infernal da molecagem, no apupamento sem tréguas aos vermelhos e negros cruzes-diabos. A corneta sonora e estridente, a algazarra incessante dos farricocos e bobos, no seu indefectível: "Você me conhece?". Aos bandos, arlequins e dominós, transitando pábulos uns após outros pelas ruas, formavam a majestosa sinfonia de Carnaval que, à tarde, rebrilhava com maior pompa, com o mais invejável fausto.

O Clube Francisquinha, num luzimento fantástico, era, nesse ano, um dos mais acariciados elementos do Carnaval.

A cidade tremia toda. Mascarados e brincadeiras confraternizavam. Era uma embriaguez indomável de folia.

Por outro lado, o entrudo assumia proporções estupendamente grandiosas. A populaça soltava-se endoidecida, desenfreada.

✳

Na praia de Santo Antônio, os pescadores dali, aliados ofensiva e defensivamente aos da praia do Jenipapeiro, pelas hostes aguerridas do Albino e do Carneiro, haviam estabelecido o seu quartel-general.

Desde o romper do dia que a buzina soava persistente e enganosa, num chamariz aos incautos. Tinas e barris d'água enfileirados, grandes cuias e latas guarneciam o reduto. Ninguém, a não ser um ou outro bando de mascarados, para quem havia salvo-conduto, ousava afrontar o entrincheiramento dos tresloucados pescadores.

Era certo o molho na pessoa que a tal se aventurasse.

O Pedro Madureira, rapaz muito pândego, exemplaríssimo chefe de família, morava no divertido e pitoresco bairro.

Havia bastante tempo que ele era praieiro antoniano, estimado na redondeza por gregos e troianos.

Logo às primeiras horas do Domingo Gordo, um contratempo se veio a deparar ao Madureira, na sua casa. A Maricota, uma moçoila, sua sobrinha, fora atacada dum faniquito, e ele tivera imprescindível necessidade de recorrer a uma farmácia para comprar uma dose de antiespasmódico.

Mas, imaginava, seria o diabo afrontar aquele baluarte, receber um banho assim, ele que não estava metido na brincadeira e ia desempenhar espinhosa e séria missão.

Lembrou-se, porém, de que os mascarados eram isentos do banho, por um respeito religioso às ordens policiais. Assim fácil lhe foi conseguir uma máscara e colocá-la. Quanto ao corpo, quase nenhum disfarce trazia, pois que apenas atara à cintura uma saia de chita roxa ramalhuda e vistosa.

O Madureira logrou passar incólume por entre os beligerantes, todo apressado, empunhando uma garrafa. Nos postos, nenhuma sentinela deu pelo transeunte, caricaturalmente disfarçado, que se encaminhou à Farmácia Francesa. Adquirindo o remédio, voltou guapo e impando de contentamento pelo logro pregado aos entrudantes.

A essa hora, o combate era tremendo. As cabacinhas atravessaram os ares, aos centos, como se fossem balas, e os repuxos, que as funilarias do Cabral, do Jaime Carneiro e do Cardoso fabricaram, nesse ano, em assombrosa quantidade, esguichavam em violentos lequeados por todos os pontos.

Das praias Pequena, do Caju e do Prego, novos magotes de pescadores se haviam juntado aos digladiantes. Nenhuma canoa fora ao mar nesse dia.

Chegando próximo às avançadas, o Madureira tornou-se tímido e, numa prudência atilada, estacou a assuntar.

Um pescador entrudeiro, com a sua clássica camisola tingida de mangue, chapéu de carnaúba, as mãos sarapintadas de anil e zarcão, aproximou-se do mascarado e, em tom firme e intimativo, disse-lhe:

— Toque!

Como resposta o Madureira lhe exibiu a garrafa do remédio e perfilou-se mais, para fazer valer a sua alta categoria de mascarado.

Depressa assinalou-se a presença dum recalcitrante às portas das avançadas.

Outros pescadores foram chegando, a engrossar o cerco.

E o nosso homem, que cada vez mais se arrependia, intimamente, do disfarce, pronunciava-se já na sua fala natural. Era debalde, porém, que, todo gaguejante, fazia da garrafa o escudo para o salvo-conduto. A nada, todavia, atendiam os entrudeiros.

Então, num esforço supremo, revelou-se. Disse a sua missão e, todo humilde, implorou o deixassem passar incólume.

— Nós bem que te estamos a conhecer, cabra atilado! Passa para o banho, meu manhoso — gritaram da roda, cada vez mais crescente.

E aos empurrões, por entre a chufa e os motejos, a risada gargalhante, o Madureira foi ter junto aos maiorais, ao lado dum enorme barril.

A água, às cuiadas, umas sobre as outras, banhou o prisioneiro, que ficou ensopado como um pinto. Ao banho do precioso líquido, seguiu-se uma brocha geral de zarcão e anil, de tapioca e cinza, tujuco e cal.

Mas o entrudo, assim como o riso e o choro, era contagioso. O alvejado cedia já por bem às injunções do momento, não tendo forças para reagir. Eram doidos, desenfreados, sem tino, e a submissão, nessas circunstâncias, era o mais propício ensejo do entrudante entrar na folia.

Súbito, o Pedro Madureira arrancou a máscara, sacudiu para um lado a garrafa e confraternizou com os aguerridos brincalhões.

Daquela hora em diante, nem mesmo as pessoas mascaradas ousavam transitar pela sediciosa praia. E o adesivista, nesse momento, era o mais ferrenho e tresloucado folião. Passara de vítima a algoz.

✻

Aproximava-se já a tarde. De há muito que batera meio-dia. A Maricota já estava lampeira. Vieram as Conrados e as filhas do Chico Almeida, a passar o domingo com a família do Pedro.

Este, porém, se fazia esperar, deixando em casa todos deveras apreensivos pela demora.

Vários portadores, enviados à sua procura, regressavam sem novas nem mandados. Na farmácia informaram que, pela manhã, ele comprara com efeito o antídoto, mas saíra logo.

Mas o estômago do Madureira estava a dar horas e ele resolvera retomar o caminho de casa.

Foi um alvoroço quando anunciaram o seu regresso. Mulher, sogra e sobrinha foram esperá-lo ao corredor. Qual não foi, porém, a surpresa ao se lhes deparar o respeitabilíssimo marido, genro e tio num tão deplorável estado, sujo e molhado, a roupa unida ao corpo. Ante a ridícula figura, a dona Malvina, sogra do Madureira, não o encarou e deu-lhe as costas, seguindo para a varanda.

A mulher foi quem o invectivou.

— Com efeito, seu Pedro! Você é criança? E se o mal fosse de morte?

Porém, a Maricota, morta de rir ante a figura ridícula do tio, falou-lhe meigamente:

— Vá banhar-se de novo, titio, que o almoço já está à mesa.

O Madureira caiu em si e, procurando evitar ser visto pelas visitas, foi se encaminhando rumo do quintal, para junto do poço.

Meteu uns dois tragos e, novamente às cuiadas, se banhou.

E, rapidamente, tanto quanto lhe permitia a fome canina que o devorava, fez a *toilette* e veio para a mesa matar quem o matava.

Durante a refeição reinou a mais invejável cordialidade entre a família e as visitas.

Mesmo a dona Malvina concordava que, lá um dia, o homem poderá sair do seu sério.

A dona Adelina, esposa do Madureira, num dos seus expansivos movimentos de perdão à culpa do marido, sentenciou-lhe:

— Seu Pedro, na quarta-feira você vai à missa, na igreja de São João, tomar cinzas...

O Jornal
15 de fevereiro de 1915

A última sessão

Na estação telegráfica e numa das janelas da redação d'*O Globo* havia sido afixado um boletim anunciando a organização, no Rio, do governo provisório, bem como as medidas tomadas a respeito do embarque para a Europa, no vapor *Alagoas*, do monarca recém-destronado.

A Câmara Municipal, composta de conservadores na sua maioria, recebera a notícia como se fosse um maná vindo do céu. Excelsamente transportados de alegria, os seus membros pouco se importavam que se lhes exprobassem de não confraternizarem com os liberais, ajudando-os a sustentar o trono baqueante. Menos ainda ligavam aos que lhes acusavam de não ter fé monárquica, pois consideravam: não fora essa monarquia, agora por terra, que promovera a libertação dos cativos, sem indenização? Era azado o momento da desforra, e a ninguém mais do que aos vereadores, dizia um deste, compete, como representantes dos munícipes, soltar o grito de adesão.

E opulentamente trajados, dirigiram-se à casa do vereador presidente, que, ouvindo-os religiosamente, concordou com os seus considerandos e fez convocar *incontinenti* uma sessão extraordinária.

Reunidos os gestores dos destinos municipais, depois de serem sugeridos mil projetos e ideias, foi resolvido que a Câmara ficasse em sessão permanente "aguardando ordens do governo provisório", passando a este um telegrama de congratulações em que cientificava o deliberado. Isto feito, retiraram-se os vereadores aos seus penates, ficando dois beleguins, prontos à primeira voz, substituindo-os na permanência.

Entardecera já. A cidade apresentava um aspecto bélico. Havia um presidente que não presidia, pois, abandonando o posto de honra, abrigara-se na casa do chefe do partido em cujo poder expirara a monarquia; no largo do Carmo, trepado no pelourinho, um orador concitava os magotes de monarquistas e curiosos que se revestissem da precisa calma para aguardar os acontecimentos; no quartel da tropa de linha tonitruava o sinal de reunir, e logo depois o de avançar para *O Globo*, donde haviam pedido garantias a fim de evitar o ataque do populacho desenfreado; um ex-deputado geral, conservador, colocara-se (e fora o único) ao lado dos liberais que queriam dar cabo da vida dos redatores do jornal da ladeira do Vira Mundo. Nesta, já a aglomeração fervilhava. Numa atitude guerreira os motineiros atiravam chufas aos jornalistas "sitiados". E, à proporção que se ia avolumando a massa, cresciam as vaias e as ameaças. Chegada a força, foi recebida a pedradas. Os soldados, então, despediram flamejantemente sobre os "reivindicadores do trono" umas dezenas de balas de Comblain, que, zunindo entre os atacantes, os dispersaram produzindo a morte em cinco, ferindo uns vinte, que passaram à posteridade como vítimas da abnegação por Isabel, a Redentora, e deram motivo ao Maranhão ser considerado a "única província heroica que resistiu à implantação do novo regime".

Estabelecera-se a calma, sendo já a noite alta. No dia seguinte, logo ao amanhecer, um telegrama vai ter à Câmara Municipal. Os beleguins correram pressurosamente a chamar a seus postos os vereadores neorrepublicanos, que num momento se acharam reunidos todos, com exceção dum único que estava no interior. Para uma sessão ordinária não se reuniriam com tamanha presteza. Confortavelmente instalados nas suas poltronas, ao troar do tímpano, apresentavam na sua fisionomia uma atitude majestosa. E quem sabe se nos cérebros daqueles depositários dos poderes municipais a ideia da palavra "república" não se lhes apresentasse como sendo todos eles "majestade"!

E foi na antevisão de seguirem dali para o palácio governamental, então abandonado, que o presidente, tendo a pairar suspenso sobre a sua encanecida cabeça, ricamente emoldurado, um retrato de dom Pedro II, disse em voz alta e sonora: "Está reaberta a sessão!". Em seguida, com um sorriso de satisfação, puxou do bolso o telegrama recebido, fechado ainda tal qual lhe entregara o beleguim.

E, preparando-se para ler o despacho como se fosse um evangelho, cavalgou a luneta sobre o aquilino nariz e abriu-o auspiciosamente. Os vereadores olhavam sofregadamente para aquele papelzinho, em que, contavam, viria escrita a palavra de ordem, isto é, a menção ao poder dos conservadores, metamorfoseados em republicanos "da gema". O presidente, com voz trêmula, procedeu a leitura do papelucho que fizera palpitar ansiosamente tantos corações. Dizia:

Rosário, 17 novembro de 1889

Câmara Municipal
São Luís

Que há de novo?

Ferreira de Moura

Era do vereador ausente.

E foi a última sessão que os vereadores monárquicos fizeram. Nesse mesmo dia a Câmara foi dissolvida, e o telegrama esperado quem o recebeu foi já a intendência nomeada para substituir a agremiação conservadora.

Boletim dos Novos
1903

Notas

1. Josué de Sousa Montello foi um dos intelectuais brasileiros mais proeminentes do século 20. Nascido em São Luís do Maranhão aos dias 21 de agosto de 1917, viveu nessa cidade até a juventude, quando em 1936 veio a mudar-se para o Rio de Janeiro, então capital do Brasil, onde morou durante a maior parte de seus 88 anos de idade. Dotado de uma produção literária vasta, que vai do romance ao teatro, passando pela crítica, crônica e pelo ensaio, Josué Montello tornou-se conhecido por sua prosa moderna, vista sobretudo em *Cais da Sagração* (1971), *Tambores de São Luís* (1975), *Noite sob Alcântara* (1978), sem contar as novelas *Duas vezes perdida* (1966), *Glorinha* (1977), dentre outras. O escritor também dirigiu várias instituições de cultura no Brasil, como a Biblioteca Nacional, a Academia Brasileira de Letras, da qual chegou a ser presidente, o Museu Histórico Nacional, o Museu da República, do qual também foi fundador, além de participar como membro dos conselhos federais de Educação e de Cultura. Em sua trajetória também exerceu atividades diplomáticas como adido cultural em Lima, Lisboa e Madri.

2. Josué Montello, *Diário da noite iluminada*. Rio de Janeiro: Nova Fronteira, 1994, p. 326.

3. Josué Montello, *Janela de mirante*. São Luís: SIOGE, 1993, p. 119.

4. Ver: Joaquim Vieira da Luz, *Dunshee de Abranches e outras figuras*. Rio de Janeiro: Edição do autor, 1954; Clóvis Ramos, *Nosso céu tem mais estrelas: 140 anos de literatura maranhense*. Rio de Janeiro: Pongetti, 1973; Jomar Moraes, *Apontamentos de literatura maranhense*. São Luís: SIOGE, 1977.

5. As principais referências ao autor são pequenos verbetes e crônicas, dentre as quais se destacam: 1) Antônio Lobo. "Astolfo Marques". In: *Os novos atenienses*. São Luís, 1909; 2) Fran Paxeco, "Astolfo Marques". *Revista da Academia Maranhense de Letras*. v. 2. São Luís, 1919; 3) Humberto de Campos, "O último estilo de Atenas". In: *Memórias inacabadas*. Rio de Janeiro, 1935; 4) Domingos Vieira Filho, "Raul Astolfo Marques". *Revista do Maranhão*. v. 1. fasc. VI.

São Luís, junho de 1951; 5) Mário Martins Meireles, *Panorama da literatura maranhense*. São Luís, 1954; 6) Domingos Vieira Filho, "Raul Astolfo Marques e a Associação Comercial". *Boletim da Associação Comercial do Maranhão*. São Luís, 1954; 7) "Raul Astolfo Marques". In: *Antologia da Academia Maranhense de Letras*. São Luís, 1958; 8) Antônio de Oliveira, "O centenário de um contista maranhense". *O Estado do Maranhão*, 10 de março de 1976; 9) Josué Montello, "Astolfo Marques: um ilustre desconhecido". In: *Janela de mirante*, São Luís, 1993; 10) Carlos Gaspar. "Apontamentos sobre Astolfo Marques". *O Imparcial*, São Luís, 2008; 11) Nei Lopes, "Astolfo Marques". In: *Dicionário literário afro-brasileiro*. Rio de Janeiro: Pallas, 2007.

6. A reedição do livro *Natal*, de 1908, realizada em 2008, por ocasião do centenário da Academia Maranhense de Letras, bem como a pequena videorreportagem intitulada *Astolfo Marques: artista do povo*, de 2018, constituem os únicos empreendimentos dessa instituição em torno da memória do escritor neste século.

7. Fran Paxeco, "Astolfo Marques". *Revista da Academia Maranhense de Letras*. v. 2. São Luís: Imprensa Oficial, 1919, p. 77.

8. *Pacotilha*, 13 de julho de 1894, p. 1.

9. Conforme os dados do recenseamento geral do Império de 1872, a população classificada como preta e parda somava 12 850 pessoas, e os classificados como brancos equivaliam a 7 997 indivíduos.

10. Antônio de Oliveira, "O centenário de um contista maranhense". *O Estado do Maranhão*, 10 de março de 1976, p. 7. Ver também: *Astolfo Marques: publicação comemorativa do 1º centenário do autor*. São Luís, Fundação Cultural do Maranhão/SIOGE, 1976, p. 5.

11. Para uma discussão mais detalhada do problema, ver: Maria Alice Rezende de Carvalho, "Intelectuales negros en el Brasil del siglo XIX". In: Carlos Altamirano (Org.), *Historia de los intelectuales en América Latina*. v. 1. Buenos Aires: Katz Editores, 2008; Robert W. Slenes, "A 'Great Arch' Descending: Manumission Rates, Subaltern Social Mobility, and the Identities of Enslaved, Freeborn, and Freed Blacks in Southeastern Brazil, 1791-1888". In: John Gledhill e Patience Schell (Orgs.), *New Approaches to Resistance in Brazil and Mexico*. Duke University Press, 2012.

12. José do Nascimento Moraes, *Vencidos e degenerados*. São Luís: Tip. Ramos de Almeida, 1915, pp. 55-6.

13. *O Novo Brazil*, 8 de setembro de 1888, p. 2.

14. Regina Helena Faria, "Demografia, escravidão africana e agroexportação no Maranhão oitocentista". *Ciências Humanas em Revista*, São Luís, v. 2, 2004, pp. 79-99.

15. Para uma análise detalhada deste acontecimento ver: Matheus Gato, *O Massacre dos libertos: sobre raça e república no Brasil*. São Paulo: Perspectiva, 2020.

16. Astolfo Marques, *A nova aurora*. São Luís: Tipografia Teixeira, 1913, pp. 53-4.

17. Josué Montello, "Astolfo Marques: um ilustre desconhecido", In: *Janela de mirante*. São Luís: SIOGE, 1993.

18. *Pacotilha*, 10 de maio de 1903, p. 1.

19. "Raul Astolfo Marques". *Revista Maranhense de Cultura*, ano 3, nº 29, 1918, p. 58.

20. Humberto de Campos, *Memórias inacabadas*. São Paulo: W. M. Jackson, 1935, p. 66.

21. Alfredo Wagner Berno de Almeida, *Ideologia da decadência*. 4. ed. Rio de Janeiro: Casa 8, 2008, p. 8.

22. Idem, p. 77.

23. Idem, p. 79.

24. Manuel de Jesus Barros Martins, *Operários da saudade: os novos atenienses e a invenção do Maranhão*. São Luís: EDUFMA, 2006, p. 115.

25. Antônio Lobo, *Os novos atenienses*. São Luís: Academia Maranhense de Letras/Editora UEMA, 2008, p. 117.

26. Antonio Candido, *Literatura e sociedade*. Rio de Janeiro: Ouro sobre Azul, 2006, p. 95.

27. *Pacotilha*, 26 de junho de 1905.

28. Antônio Lobo, *Os novos atenienses*. São Luís: Academia Maranhense de Letras, 1970, p. 79.

29. Josué Montello, *Janela de mirante*. São Luís: SIOGE, 1993, p. 28.

30. Josué Montello, *Os tambores de São Luís*. São Luís: Nova Fronteira, 2005, p. 660.

31. Josué Montello, *Janela de mirante*. São Luís: SIOGE, 1993, p. 124.

32. Sobre o conceito de estrutura de sentimentos, ver: Raymond Williams, *Marxismo e literatura*. Rio de Janeiro: Zahar, 1979, pp. 130-7. Para uma interpretação desse conceito aplicada na literatura negra, ver toda a seção intitulada "Black Structures of Feeling". In: Henry Louis Gates Jr., *Figures in Black: Words, Signs and the "Racial" Self*. Nova York: Oxford University Press, 1989.

33. Para uma discussão sobre o conto clássico ver: Ricardo Piglia, *Formas breves*. São Paulo: Companhia das Letras, 2004, p. 89.

34. A análise de Mundinha Araújo consta no documentário *Astolfo Marques: artista do povo*, de 2018.

35. Para uma análise mais detida desse conto ver: Matheus Gato, "Negro, porém republicano". In: Lilia Moritz Schwarz e Maria Helena Machado, *Emancipação, inclusão e exclusão: desafios do passado e do presente*. São Paulo: EDUSP, 2018.

36. Para uma análise mais detida desse conto ver: Matheus Gato, "Tempo e melancolia: república, modernidade e cidadania negra nos contos de Astolfo Marques (1876-1918)". *Lua Nova*, n. 85 (2012), pp. 133-85.

37. Uma análise mais detalhada desse problema está em: Matheus Gato, "Ninguém quer ser um treze de maio: abolição, raça e identidade nacional nos contos de Astolfo Marques (1903-1907)". *Novos Estudos Cebrap*, nº 1, v. 37, 2018, pp. 117-40.

38. Astolfo Marques, *A vida maranhense*. São Luís: Tipografia Teixeira, 1905, pp. 192-3.

39. Ver: Antonio Sérgio Alfredo Guimarães, "Intelectuais negros e formas de integração nacional". *Estudos Avançados: revista do IEA da USP*, São Paulo, v. 18, n. 50, 2004, pp. 271-84.

40. Joaquim Maria Serra Sobrinho (1838-1888) foi um jornalista e escritor maranhense que se destacou na luta contra a escravidão no Brasil. Em São Luís colaborou com diversas revistas literárias, entre as quais *A Coalisão*, *Ordem e Progresso*, *Imprensa* e o *Semanário Maranhense*. No Rio de Janeiro, para onde deslocou-se em 1868, colaborou em jornais de feitio liberal como *A Reforma* e *A Folha Nova*. A maior parte dos seus textos em favor da Abolição era assinado por pseudônimos, fato que contribuiu para que seu nome caísse na obscuridade. Machado de Assis nos legou o seguinte depoimento sobre o autor (na *Gazeta de Notícias*, Rio de Janeiro, 5 de novembro de 1888): "Era modesto até a reclusão absoluta. Suas ideias saíam todas endossadas por pseudônimos. Eram como moedas de ouro, sem efígie, com o próprio e único valor do metal. Daí o fenômeno observado ainda este ano. Quando chegou o dia da vitória abolicionista, todos os seus companheiros de batalha citaram gloriosamente o nome de Joaquim Serra entre os discípulos de primeira hora, entre os mais estrênuos, fortes e devotados; mas a multidão não o repetiu, não o conhecia".

41. O autor refere-se a José Maria Baptista Maranhense e Victor Cancio da Silva Castello. Descritos como homens de cor, ambos foram, em 1885, fundadores do Clube Artístico Abolicionista Maranhense. Infelizmente a literatura historiográfica ainda não se debruçou sobre a trajetória desses dois ativistas. Entretanto, o escritor negro José do Nascimento Moraes (1882-1958) nos deixou um vivo perfil de José Maria no romance *Vencidos e degenerados* (1915): "Maranhense era mulato, mais baixo que alto, e careca. Contava quarenta e tantos anos, grisalho, gordo e simpático. Marceneiro de profissão, e estudante nas horas vagas, tinha decidido gosto pelas letras, pela ciência, por tudo enfim que fosse domínio da inteligência humana. Se bem que não lhe fosse possível cultivar o espírito com o trato constante do estudo, em disciplinas regulares, fazia, contudo, o que estava ainda à altura de suas forças; procurava relacionar-se com os literatos da terra, chegava-se a aqueles de quem apregoavam um espírito esclarecido; e, como era inteligente, de uma assimilação fácil, deu força à sua loquacidade. José Maria discutia, argumentava, tinha ideias e pensamentos, e os expunha sempre, defendendo-os quando se fazia preciso, ajudado do bom senso que sempre tivera. Entusiasta impressionável, agitador e cheio de resolução, entre os abolicionistas do grupo tomou posição evidente, e sua casa, que já era um ponto de conversação assiduamente frequentado por muitos intelectuais da época, tornou-se um dos

centros de reuniões de abolicionistas. Os escravos o consideravam um dos seus protetores; e, porque ele era sincero na causa que defendia, eles o procuravam a todo momento para tratarem da liberdade deles".

42. O autor, provavelmente, refere-se a senhoras de escravos maldosas, assim apelidadas e conhecidas na cidade.

43. Expressão que designava as pessoas que foram libertadas ao nascer, no ato de batismo.

44. Joaquim Vespasiano Ramos (1884-1916) foi um poeta maranhense de origem humilde, conhecido também por desempenhar serviços para o comércio de São Luís. Seu único livro de versos, *Coisa alguma*, foi publicado no Rio de Janeiro em 1916 pelo editor Jacinto Ribeiro dos Santos. É o patrono da cadeira nº 32 da Academia Maranhense de Letras.

45. Refere-se ao tenente do exército Raymundo Pereira Queiroz, que assumiu o cargo de delegado da segurança pública em 20 de novembro de 1889, dois dias após a proclamação da República no estado do Maranhão. Na cidade de São Luís, o fim do reinado de d. Pedro II foi marcado por um enorme protesto de negros contra o novo regime, pois muitos acreditavam que o fim da monarquia traria de volta a escravidão, recentemente abolida. No fim da tarde de 17 de novembro, os manifestantes ameaçaram invadir e empastelar a sede do jornal republicano *O Globo*, mas uma tropa de linha do exército, com catorze homens, protegia o edifício e não hesitou em disparar uma carga de fuzil contra a multidão, resultando, segundo números oficiais, em quatro mortos e vários feridos. O episódio ficou conhecido como *O Massacre de 17 de Novembro*. O tenente Queiroz ganhou a fama de "delegado terrorista" devido ao abuso de práticas de tortura e humilhação, como a aplicação de palmatórias e a raspagem dos cabelos e das sobrancelhas. Astolfo Marques abordou o tema da violência e do autoritarismo nos primeiros dias do regime republicano em vários dos seus contos, além de lhe dedicar o seu único romance, intitulado *A nova aurora* (1913).

46. Toda a cena do discurso e da prisão reconstitui um episódio verídico que aconteceu com o operário e militante abolicionista Antonio Prazeres Freitas, uma das principais lideranças do Clube Artístico Abolicionista Maranhense. Um dado interessante sobre o relato de Astolfo Marques é que, diferentemente de outros cronistas, o autor oblitera o caráter racial com que o incidente ficou conhecido no Maranhão. O artigo da *Pacotilha*, de 2 de abril de 1901, é bem esclarecedor quanto ao caso: "No advento da República, achando-se à testa do governo do Maranhão uma junta provisória de que fazia parte o doutor Paula Duarte, republicano histórico e orador eloquente, lembrou-se o Prazeres (vulgarmente conhecido como 'caranguejinho') de sair da sua obscuridade para manifestar suas ideias políticas ao povo. Foi assim que, aproveitando-se de uma sessão solene realizada no Teatro em homenagem ao novo regime, logo depois do discurso do Paula, o Freitas pediu a palavra e disse umas tantas coisas da República, afirmando que era preferível a monarquia etc. Referiu-se aos atos um tanto autoritários do governo provisório do Maranhão e o resultado do

discurso do Freitas foi a sua prisão no quartel do 5º Batalhão de Infantaria. Reunida a Junta, dois dias depois, para resolver sobre o destino dos presos (além do Freitas havia outros mais), o Paula Duarte opinava pelo fuzilamento do caranguejinho, o que não se realizou, como era natural, pelo voto contrário de todos os outros membros da Junta. Interrogado o Freitas sobre se estava doido ou não para se pronunciar tão desabridamente como o fez contra a República, respondeu que não e que apenas falara no Teatro por acreditar que havia liberdade de pensamento. Ao ouvir isso teve o Paula Duarte esta pergunta encolerizada e que ficou conhecidíssima no Maranhão: 'E negro tem o direito de pensar?'". A trajetória de Prazeres de Freitas ainda é desconhecida, mas os jornais do período dão testemunho de sua intensa atuação nas associações operárias, bem como de sua militância em prol de que os homens do povo pudessem ingressar na política institucional para defender os próprios interesses.

47. Refere-se ao Clube Artístico Abolicionista Maranhense, fundado em 1885. A instituição foi a principal organização cívica de combate à escravidão na cidade de São Luís. Denominava-se artística devido à composição de seus militantes e diretores, que, em sua maioria, eram artífices, artesões e operários.

48. Refere-se a Carlos Laet (1847-1927), jornalista, um dos fundadores do jornal *Tribuna Liberal*, e professor de língua portuguesa do colégio Dom Pedro II, sediado no Rio de Janeiro.

49. A dedicação de Astolfo Marques em retratar e documentar a cultura popular brasileira fez com que sua obra nos legasse o conhecimento de costumes e festejos já desaparecidos. É caso do chamado "batidinho". Conforme a descrição do autor, tratava-se de uma dança de roda com presença de homens e mulheres, marcada por palmas e pandeiros.

50. A utilização do termo "samba" para descrever o batidinho não deve remeter o leitor ao estilo musical que hoje conhecemos. No Maranhão, desde a segunda metade do século 19, o termo era utilizado de forma genérica para designar diferentes tipos de batuque e chinfrins e não um ritmo musical singular com instrumentos característicos. Usava-se a palavra samba com o fito de descrever o caráter popular da festa, a origem social das pessoas que a frequentavam e os lugares em que essas manifestações ocorriam.

51. Segundo Mário Sette, o termo "manichupa" se referia aos soldados da guarda-civil no início do século 20. Ver: Silva; Macedo; Goellner (Orgs.). *Inezil Penna Marinho: artigos publicados no* Jornal dos Sports. Porto Alegre: Centro de Memória do Esporte, 2016, p. 86.

52. Trata-se da Casa dos Educandos Artífices, fundada em 1841, cujo objetivo era fornecer ensino profissional para crianças pobres e libertos. Foi extinta no ano de 1890, alguns meses após a instituição da República. Astolfo Marques foi um crítico severo da atitude do novo regime: "Os poderes públicos, em vez de proverem a remodelação de que vinha carecendo o instituto mantido pela província, com uma nomeada que ecoara pelo país inteiro, foram duma negligência pasmosa – foram imprevidentes e impatrióticos. A Casa dos

Educandos Artífices constituía parte integrante do ensino público aqui, e o ato de sua eliminação é inqualificável, merecedor das mais acres censuras" (*Pacotilha*, 5 de janeiro de 1910).

53. Astolfo Marques refere-se a um texto de sua própria autoria intitulado "O socialismo entre nós", publicado em 10 de maio de 1903 na primeira página do jornal *Pacotilha*. Esse dado leva a crer que todo o conto é uma crítica irônica àqueles que acreditavam na possibilidade de construir com os operários e operárias das fábricas têxteis de São Luís um movimento europeizado de base socialista.

54. O autor refere-se a um artigo de seu próprio punho intitulado "O socialismo entre nós", publicado no jornal *Pacotilha* no dia 10 de maio de 1903. Tratava-se assim de um texto em comemoração ao Dia do Trabalho. A afirmação de que o socialismo ainda não era bastante difundido no Maranhão irritou os militantes da causa operária do estado. Assim, nessa passagem, os personagens estão irritados com o próprio Astolfo Marques.

55. O autor refere-se a julgamentos que se tornaram célebres na cidade de São Luís. Dentre os mencionados, um dos mais conhecidos foi o de Amélia Rosa, preta forra, natural de Alcântara, conhecida em São Luís como "rainha da pajelança". A pajelança era um ritual de origem indígena com finalidades terapêuticas, que também era praticado por negros no século 19. "Amélia Pagé", conforme Astolfo Marques a menciona no conto, foi presa em 1876 acusada de ter provocado queimaduras e espancado uma mulher escravizada que havia procurado a sua ajuda. Ver: Mundicarmo Ferreti (Org.). *Pajelança do Maranhão no século XIX: o processo de Amélia Rosa*. São Luís: CMF/FAPEMA, 2004.

56. A expressão "treze", ou "treze de maio", designava as pessoas que foram libertadas do cativeiro no dia da Abolição, 13 de maio de 1888.

57. José Moreira Alves da Silva (1850-1909) foi um político brasileiro de destaque nas últimas décadas do reinado de Pedro II, tendo sido presidente das províncias de Rio Grande do Norte, Alagoas e Maranhão.

58. Nhá Sebastiana é outra personagem histórica da maior importância nos contos de Astolfo Marques, e que carece de maiores estudos. O autor frequentemente tece homenagens a essa senhora por organizar em sua casa festejos para comemorar o Treze de Maio.

59. O "barrete frígio", também conhecido como "barrete da liberdade", é um tipo de touca ou carapuça vermelha que se tornou um dos principais símbolos da Revolução Francesa, por ter sido usado pelos republicanos no episódio conhecido como Queda da Bastilha. No Brasil, o símbolo foi utilizado em algumas das representações sobre a instituição da República, entre as quais se destaca o quadro de Décio Villares *A República* (1890), em que o barrete da liberdade aparece na cor verde.

60. No fim de 1903 chegou a São Luís uma forte epidemia de peste bubônica, que se alastrou pela cidade no primeiro semestre de 1904. No relatório *A peste no Maranhão* (1904), escrito pelo médico Victor Godinho, a situação de crise

teria chegado a tal ponto que mais de 10 mil pessoas teriam se refugiado no interior do estado. Muito da grande atenção que a peste bubônica despertou em São Luís deveu-se ao fato de a epidemia ter atingido as classes mais abastadas, posto que os surtos de doenças como lepra, beribéri e tuberculose, responsáveis pela maioria dos óbitos na população da cidade, nunca alarmaram as autoridades competentes.

61. Trata-se da africana mina Catarina Rosa Pereira Marques. Sua atuação na cidade de São Luís merece ainda mais estudos. Conforme o historiador Carlos Lima, no livro *Caminhos de São Luís*: "Catarina Rosa Pereira de Jesus era uma negra escrava que, à custa de muito trabalho e, segundo consta, das graças que oferecia aos endinheirados comerciantes portugueses da Praia Grande, amealhou fortuna com a qual comprou sua alforria e a alforria dos seus amigos. Tinha barraca ao pé da ladeira da rua da Calçada e, passando a liberta, tornou-se grande senhora de escravos, palmilhando as ruas da cidade à frente de um cortejo de negras caprichosamente vestidas de rendas e bordados e ajaezadas com muitos colares, pulseiras e brincos de ouro. Mas descalças, segundo sua condição. Catarina deixou fama de mulher bela e elegante, capaz de enfeitiçar os portugueses ricos do comércio, e quando saía à rua com seu séquito, vestida de finas sedas e brocados, colo, braços e orelhas cobertos de joias, ombreava em formosura e cortesia com as grandes damas da época, como a retratou João Alfonso Guimarães, em primoroso desenho".

62. Fran Paxeco (1874-1952) é como ficou conhecido o português Manuel Francisco Pacheco, que aportou aos 26 anos na ilha de São Luís, causando certo impacto na jovem geração de intelectuais maranhenses interessados em promover culturalmente a cidade por meio da literatura. Tido como um literato de fervoroso engajamento republicano, Paxeco colaborou com algumas das principais instituições de educação e cultura que vieram a se formar. Assumiu a função de cônsul de Portugal no Maranhão em 1911, e permaneceu no cargo até 1922. Dentre sua produção bibliográfica destacam-se *O Maranhão e seus recursos* (1902), *Os interesses maranhenses* (1904) e a *Geografia do Maranhão* (1922).

A marca FSC® é a garantia de que a madeira utilizada na fabricação do papel deste livro provém de florestas gerenciadas de maneira ambientalmente correta, socialmente justa e economicamente viável e de outras fontes de origem controlada.

Copyright das notas e da organização © 2021 Matheus Gato

Todos os direitos reservados. Nenhuma parte desta obra pode ser reproduzida, arquivada ou transmitida de nenhuma forma ou por nenhum meio sem a permissão expressa e por escrito da Editora Fósforo.

EDITORA Rita Mattar
ASSISTENTES EDITORIAIS Mariana Correia Santos e Guilherme Tauil
PREPARAÇÃO Danilo Horă
REVISÃO Eduardo Russo, Paula B. P. Mendes e Laura Victal
PRODUÇÃO GRÁFICA Jairo Rocha
CAPA Alles Blau
IMAGEM DA CAPA Romildo Rocha
IMAGEM DA QUARTA CAPA Studio Edgar Rosa
MAPAS DAS PP. 4 E 5 J. J. FERREIRA. Planta da cidade de São Luís, capital do estado do Maranhão. 1912.
FAC-SÍMILE DAS PP. 6 E 7 *PACOTILHA, Jornal da Tarde*. Maranhão, ano 24, n. 281, nov. 1904.
PROJETO GRÁFICO DO MIOLO Alles Blau
EDITORAÇÃO ELETRÔNICA Alles Blau e Página Viva

Dados Internacionais de Catalogação na Publicação (CIP)
(Câmara Brasileira do Livro, SP, Brasil)

Marques, Astolfo, 1876-1918
   O Treze de Maio : e outras estórias do pós-Abolição / Astolfo Marques ; organização Matheus Gato. — São Paulo : Fósforo, 2021.

   ISBN: 978-65-89733-04-1

   1. Brasil — História — Abolição da escravidão, 1988 2. Contos brasileiros 3. Escravos – Brasil — Emancipação 4. Escravidão — Brasil — História 5. Negros — Condições sociais I. Gato, Matheus. II. Título.

21-61130   CDD – B869.3

Índice para catálogo sistemático:
1. Contos : Literatura brasileira   B869.3

Cibele Maria Dias — Bibliotecária — CRB/8-9427

Editora Fósforo
Rua 24 de Maio, 270/276, 10º andar, salas 1 e 2 — República
01041-001 — São Paulo, SP, Brasil — Tel: (11) 3224.2055
contato@fosforoeditora.com.br / www.fosforoeditora.com.br

Este livro foi composto em GT Alpina
e GT Flexa e impresso pela Ipsis
em papel Pólen da Suzano para a
Editora Fósforo em abril de 2021.